Andre

INTERMITTENCE

ROMAN

Traduit de l'italien (Sicile)
par Serge Quadruppani

Métailié

TEXTE INTÉGRAL

TITRE ORIGINAL
L'Intermittenza

© Arnoldo Mondadori Editore S.p.A., Milan, 2010

ISBN 978-2-7578-3099-4
(ISBN 978-2-86424-843-9, 1ʳᵉ publication)

© Éditions Métailié, 2011, pour la traduction française

Prix du Meilleur Polar
des lecteurs de POINTS

Les éditions POINTS organisent chaque année
le Prix du Meilleur Polar des lecteurs de Points.

Pour connaître les lauréats passés
et les candidats à venir, rendez-vous sur

www.meilleurpolar.com

Andrea Camilleri est né en Sicile en 1925. Scénariste et metteur en scène de théâtre, il est l'auteur de nombreux romans policiers, dont les aventures du commissaire Montalbano, de romans noirs, comme *Le Tailleur gris*, ainsi que de romans historiques : *L'Opéra de Vigàta, Le Coup du cavalier, La Disparition de Judas, La Pension Eva*.

Au travail qui ennoblit l'homme

Personnages principaux

LE VIEUX MANUELLI, président de l'entreprise qui porte son nom.

BEPPO MANUELLI, son fils, vice-directeur général.

GIULIANA, la secrétaire de Beppo.

MAURO DE BLASI, directeur général de la Manuelli.

MARISA DE BLASI, sa femme.

ANNA MENGOZZI, la secrétaire de Mauro.

STELLA, bonne des De Blasi.

MARCO, *just a gigolo*.

GUIDO MARSILI, vice-directeur général de Manuelli, en charge de la direction du personnel.

BASTIANELLI, directeur de la sécurité chez Manuelli.

MANNUCCI, responsable de la surveillance dans l'établissement Manuelli de Nola.

BIROLLI, président d'Artenia.

LICIA BIROLLI, sa petite-fille.

LUIGI RAVAZZI, « le Trou noir », héritier d'un grand groupe industriel et chef de Licia Birolli.

LE DÉPUTÉ PENNACCHI, sous-secrétaire au Développement économique.

AURELIA PENNACCHI, « la Ciseaux », sa femme.

GIANCARLO FORMIGGI, fonctionnaire de police (commissaire principal adjoint) et ancien fiancé de Marisa.

GUIDOTTI, LACHIESA et ROTONDI, médecins de Mauro De Blasi.

1

Ce fut alors qu'il eut la certitude déchirante de la proximité de sa mort.

Il était en train de se passer le savon à barbe et d'abord il sursauta, puis se bloqua, la pointe des doigts mousseux sur la joue droite. Dans le miroir, il apparaissait avec la même pose que celle de la couverture du dernier numéro de *Communication et Entreprise*, consacré aux managers les plus importants du pays, qui contenait en outre une longue interview de lui.

Un instant auparavant, il était occupé à revivre en pensée le dîner de la veille, entre autres le vieux Birolli, il était accompagné d'une petite-fille d'une vingtaine d'années je te dis que ça quand, soudain, étaient apparus ces mots. Ou plutôt, il les avait lus. Mais où, sur le miroir ?

Oui, mais pas proprement dit sur le miroir, plutôt à la place du miroir. Parce que, dans un laps de temps guère plus long qu'un battement de cils, l'électricité avait dû être coupée. Et, dans le noir, l'invisible cadre du miroir s'était transformé en une sorte de minuscule écran cinématographique sur lequel, très nette, en blanc, était apparue la phrase. Comme l'écriteau final d'un film muet, imprimé en italique.

Mais il ne l'avait pas lue, cette phrase. Quelqu'un l'avait prononcée à haute voix.

Allons, il n'était pas au cinéma. Il était dans sa salle de bain.

Donc, ça ne pouvait être que lui. Il avait parlé seul.

C'était la première fois que cela lui arrivait. Ou peut-être cela lui était-il arrivé d'autres fois, mais il ne s'en était pas aperçu.

Signe de vieillissement ? À quarante-deux ans seulement ? Ne plaisantons pas.

Mais il ne pouvait s'offrir le luxe de dire des choses sans contrôle. Vous imaginez, si ça devait lui arriver durant une réunion du conseil d'administration ou quand il était plongé dans des négociations délicates !

Il se repromit d'en parler avec Guidotti, à la première occasion.

Il commença à se raser, mais il éprouvait un léger malaise.

Ce fut alors qu'il eut la certitude déchirante de la proximité de sa mort.

Ce qui le gênait le plus, c'était l'étrangeté de la phrase. Trop élégante, trop bien composée. Il ne parlait ni n'écrivait ainsi. C'était une phrase d'écrivain. Et lui n'avait jamais cédé à la fantaisie de l'écriture, même dans sa jeunesse, quand les premières amours font mettre des mots sur le papier. Vraiment, elle avait dû lui être comme projetée de l'extérieur, il n'était pas possible qu'il l'ait conçue en lui, de lui-même.

Et en tout cas : qui en était le sujet ?

Ou l'objet ?

À qui, en somme, appartenait cette mort ?

Certes pas à lui.

À moins qu'il ne se fût mis à parler de lui-même à la troisième personne. Comme faisait le vieux Manuelli. « Manuelli ne savait même pas ce qu'était une usine quand il y entra à seize ans comme apprenti soudeur. » Il parlait de lui comme s'il lisait sa biographie. Et tout le monde riait de lui dans son dos.

Il sortit nu de la salle de bain, passa dans la garde-robe, remit sa montre au poignet, vérifia l'heure. Il était en avance, la voiture n'arriverait que dans une heure. Il esquissa un mouvement pour ouvrir le tiroir des sous-vêtements mais changea d'idée et entra dans la chambre à coucher.

Marisa dormait, comme d'habitude, elle n'ouvrirait pas les yeux avant dix heures du matin. Elle aimait la chaleur, donc gardait le chauffage au maximum même durant la nuit. Mais maintenant la chaleur était sans doute devenue excessive, car elle était étendue sur le ventre, nue, de travers, le drap roulé en boule à côté d'elle, les cuisses légèrement entrouvertes, une de ses longues jambes, la gauche, pendant au bord du lit.

Il fut assailli par un spasme de désir aussi soudain que violent. La veille au soir, ils ne l'avaient pas fait, bien qu'il en ait eu envie : les bavardages d'après dîner avaient traîné jusqu'à deux heures et Marisa, à peine couchée, avait murmuré qu'elle était trop fatiguée.

Depuis cinq ans qu'ils étaient mariés, ce n'était qu'exceptionnellement que Marisa se refusait, et même, souvent, c'était elle qui avait pris l'initiative. Il la regarda : elle avait un superbe corps de fille de vingt ans, qu'elle exhibait avec la maturité consciente d'une trentenaire.

La réveiller ?

Il la connaissait bien, il n'aurait rien obtenu, sinon un sec et définitif :

– Va-t'en, laisse-moi dormir.

Elle s'enfermait dans le sommeil comme un poussin dans son œuf, gare à qui brisait la coquille avant l'heure.

Mais plus il la regardait, plus le désir devenait puissant et impérieux. S'il ne s'en libérait pas, il le garderait en lui durant toute la journée de travail, qui en serait certainement embrumée, le rendant moins vigilant et moins vif.

Et la matinée à venir était justement l'une de celles où il ne pouvait pas se relâcher une seconde.

Il s'approcha, monta sur le lit de manière que son poids ne déséquilibre pas le matelas et puis, en s'appuyant sur la paume de la main gauche, écarta les jambes en ciseaux de manière à poser le genou droit au-delà du corps féminin, puis le fit suivre de la main droite. Une voltige aérienne digne d'un athlète. Il s'en félicita. Maintenant, il était suspendu au-dessus de Marisa.

Il s'abaissa lentement en gagnant les quelques

centimètres qui allaient permettre à son sexe d'effleurer le sillon de très fine soie au-dessous de lui. Il ne lui fallut pas longtemps.

Marisa s'est réveillée à l'instant où elle a senti qu'il montait sur le lit, mais elle a feint de continuer à dormir. Elle a dû se mordre la langue pour immobiliser le serpent de dégoût qui, de son ventre, est monté, gluant, jusque dans sa gorge à l'instant où elle a senti son sexe à lui entre ses fesses.

Elle n'a même pas bougé quand Mauro, au bout d'une éternité, a fini et est retourné dans la salle de bain. Elle reste l'oreille tendue, à déchiffrer les bruits qui viennent de la garde-robe. Voilà, maintenant, il est descendu à la cuisine pour prendre son petit-déjeuner. Elle se lève précautionneusement, court pieds nus dans la salle de bain pour nettoyer la saleté qui s'est collée à elle, puis se remet au lit.

Comment se fait-il que Mauro ne voie pas, ne comprenne pas, que tout a changé ? Qu'elle ne supporte plus qu'il la touche ?

Cela fait un mois que…

Avant, elle était un cocon, puis quelqu'un l'a fait devenir papillon. Eh oui, car en ces ultimes jours enchantés il ne lui semble plus qu'elle marche, mais qu'elle vole. Ainsi, comme par miracle, tout s'était déroulé au cours d'un après-midi qui paraissait quelconque.

Elle sait que maintenant elle ne pourra plus se rendormir.

Au bout d'un moment, elle se relève, avance

dans le couloir, s'approche de l'escalier qui mène en bas. Écoute. Mauro doit être sorti. Elle rentre dans la chambre à coucher, prend son sac à main, en extrait le portable, l'allume, compose un numéro.

– Surprise ! Bonjour, mon amour !

– Bonjour ! Mais comment est-ce possible, tu es déjà réveillée ?

– Mauro a laissé tomber quelque chose et m'a…

– Comment c'était hier soir ?

– D'un ennui !

– Qu'est-ce que tu es en train de faire ?

– Je suis sur le lit, nue. J'ai tellement envie de toi. Écoute… s'il te plaît, ne te mets pas en colère, tu m'en dis une ?

– Maintenant ?!

– Oui, oui.

– Mon amour, mais ce n'est vraiment pas le moment. Je suis en train de partir au bureau, je n'ai pas l'oreillette et il y a une circulation délirante.

– Allez, je t'en prie, une courte, courte.

– Bon, bon, d'accord.

Marisa met sa main entre ses jambes.

– *Ronde assez pour me tourmenter*
Ta cuisse se détache de dessus l'autre…
Dilate ta furie par une âcre nuit !

– Encore, encore !

– Et non ! Ça suffit comme ça !

– De qui c'était ?

– Ungaretti.

– Je ne l'ai pas très bien comprise, mais elle m'a plu. Tu y arriveras, pour cet après-midi cinq heures ?

– Je devrais y arriver.

– Attention, que je n'y tiens plus. Ça fait une semaine que…

– Moi non plus. Excuse-moi, mon amour, je conduis et…

– Le petit-déjeuner est prêt, *dottore*.

Il ne lui répond même pas, continue à nouer sa cravate. Anka, la bonne, s'en va.

Son père a beaucoup insisté pour qu'il la prenne à son service. Pendant quelques mois, le vieux a dû se la taper de toutes les manières possibles et imaginables, et puis il s'en est lassé, comme il lui arrive, et il la lui a refilée.

Anka est une Roumaine entre trente et quarante ans, belle, il n'y a pas à dire, un cul et des nichons incroyables, qui parle un italien parfait et qui dans son pays a obtenu le diplôme de géomètre.

Sa tâche principale est de l'espionner chez lui, de rapporter à papa comment il se comporte, s'il boit trop, si de temps en temps il se fait un rail de coke. Ça, il l'a compris tout de suite. De toute façon, la secrétaire aussi, Giuliana, est un gracieux legs de papa. Mais au moins, avec Giuliana…

Nom de Dieu ! Mais qu'est-ce qu'il perd comme cheveux !

Et puis, il devrait faire un peu de régime, sa ceinture est arrivée au dernier trou. Il descend dans la salle à manger.

Après trois ans passés aux États-Unis, où son père l'a envoyé étudier, Beppo a pris l'habitude du petit-déjeuner à l'américaine.

Il s'assied de manière à tourner le dos au portrait grandeur nature de son père que le vieux a exigé qu'on mette dans la salle à manger, dans l'unique but de lui rappeler qui paye le petit-déjeuner, le déjeuner et le dîner.

Avec calme, il met à sac tout l'édifice de plateaux, petites assiettes, coupelles, verres, verrines, tasses, théières, soigneusement préparé par Anka.

– Votre secrétaire au téléphone. Elle veut savoir si aujourd'hui elle doit passer vous prendre.

Elle a comme un petit sourire aux lèvres, la conne.

– C'est bon, qu'elle passe.

Depuis six mois, il n'a plus le permis. On le lui a retiré quand il a renversé un vieux gaga à bicyclette et qu'il a filé. Même pas foutu de mourir, le vieux gaga. À peine un petit mois d'hôpital. Il se croyait tranquille, mais l'inévitable crétin qui au lieu de s'occuper de son cul va faire chier les autres a relevé le numéro de sa Mercedes et l'a donné aux carabiniers. Et si papa n'avait pas été là, ça aurait pu finir plus mal. C'est pourquoi Giuliana s'occupe de passer le prendre. Mais avant elle lui téléphone, parce que certaines fois il appelle un taxi ou une voiture de l'entreprise.

Il regarde sa montre. Il se lève et dit à Anka :

– Quand Giuliana arrive, faites-la venir dans mon bureau.

Il s'est à peine assis dans son bureau que le téléphone sonne, de fait c'est la ligne directe avec son père.

– Salut, papa.

– Salut, Beppo. Écoute, ce matin, je ne vais

pas venir au bureau, cette nuit, je ne me suis pas senti très bien.

À soixante-quinze ans, passer la nuit avec une mineure, ça doit être assez fatigant. Depuis quelque temps, le vieux a découvert le goût de la chair fraîche et il en raffole.

– Je veux juste te dire que ce matin tu ne dois pas te faire voir de Mauro. Tiens-toi à l'écart, t'as compris ?

– Tu veux que je n'aille pas au bureau ?

– Je ne dis pas ça. Ne fais pas semblant de ne pas comprendre. Je dis qu'il vaut mieux que Mauro ne te voie pas.

– D'accord, papa.

– Salut.

Il balance une grande claque sur la table. Mais il est vice-directeur général, oui ou non ? Comment Mauro De Blasi peut-il exiger et obtenir qu'il ne soit pas là quand il y a des décisions importantes à prendre ? Il n'a pas quatre ans, bordel ! Il en a quarante-cinq et sait faire marcher sa cervelle, bon Dieu ! Mais il va lui montrer très bientôt à ce gros connard qui se prend pour le Père éternel depuis qu'on lui a consacré une couverture de magazine !

Si ce qu'il a en tête aboutit, alors, dans l'entreprise, il y aura une véritable révolution. Et papa devra le remercier !

On frappe discrètement à la porte.

– *Dottore*, la demoiselle est arrivée.

– Faites-la entrer.

– Bonjour, *dottore*.

– Bonjour, Giuliana. Entrez, je dois vous parler.

19

Deux répliques récitées au bénéfice de la bonne.

Giuliana entre et referme. Elle est très élégante, fraîche, parfumée, une allure de femme active et occupée. Elle reste debout près de la porte. Jette un coup d'œil interrogatif à Beppo qui lui rend son regard.

Alors, elle tourne sans bruit la clé dans la serrure, s'approche de Beppo, qui n'a pas quitté son fauteuil mais l'a fait pivoter, et s'agenouille entre ses jambes.

– Non, dit Beppo.

Giuliana, sans un mot, se redresse, soulève sa jupe, va s'appuyer des mains sur le bureau, penchée en avant. Elle ne porte pas de culotte. Elle la garde dans son sac à main, elle la mettra quand Beppo aura fini.

– Marsili est arrivé ? demande Mauro en passant devant le bureau de la secrétaire.

– Oui, monsieur le directeur.

– Priez-le de venir me voir.

Sur son bureau à lui, vaste comme une place d'armes, deux ordinateurs, quatre téléphones, un interphone, un minuscule lecteur mp3, un fax, un stylo-plume, un crayon, la photo de Marisa dans un cadre d'argent.

Pas une feuille de papier, pas de bloc-note, rien. Dans toute la pièce, pas la moindre bibliothèque, même minuscule.

On frappe. La porte s'entrouvre à peine, la tête de Marsili apparaît.

– Je peux ?

Tandis que Marsili entre en refermant derrière lui, Mauro parle dans l'interphone.

– Anna ? Pendant dix minutes, je n'y suis pour personne. Et pas de coups de fil.

Guido Marsili est un des deux vice-directeurs généraux. Il a, entre autres, la direction du personnel. Le deuxième vice-directeur général est Beppo Manuelli, une nullité absolue, placé là par son père qui est le président du groupe.

Marsili, en revanche, est un homme de son âge, habile, intelligent, vif. Qui, une fois qu'on lui a dit ce qu'il doit faire, fonce sans hésiter, un rouleau compresseur.

Mauro a appris, par pur hasard, que Marsili aime lire de la poésie. Un moment, il en a été surpris. Il ne s'y attendait pas, venant d'un type comme Marsili. Mais vu que ça n'a pas de conséquences sur son travail…

– Tu t'es activé ?

– Le fruit est tombé tout seul, pour ainsi dire. Un certain Pistilli est venu me voir, un chef d'atelier napolitain, un type qui ne sait pas tenir sa langue.

– Qu'est-ce qu'il voulait ?

– Oh, rien, il voulait juste me remercier. Comme son fils a raté deux fois le bac, il était venu me demander si par hasard je connaissais quelqu'un… bref, j'ai réussi.

– Très bien, dis-moi alors.

– Il avait lu ton interview dans *Communication et Entreprise*, et il en était enthousiaste. Je l'ai paralysé.

– Comment ?

– Je lui ai fait comprendre que le journaliste avait, d'une certaine manière, déformé tes paroles et que tu étais furieux. Je lui ai fait comprendre que le journaliste aurait omis tout un passage dans lequel tu disais que, vu la crise, il existait des difficultés contingentes qui, peut-être, et j'ai répété peut-être, te contraindraient sous peu à opérer des coupes de quelques centaines d'unités et même à la fermeture d'au moins un établissement. Et, naturellement, j'ai insisté pour qu'il n'en dise pas un mot à quiconque.

– Il a marché ?

– Il a couru.

Et si, par gratitude envers toi, il gardait bouche cousue ?

– Allons… mais tu les connais, non, ces gens du Sud ? Ce sont des pipelettes. Peut-être, si je lui avais fait jurer le silence sur le sang de San Gennaro… Il parlera, sois tranquille.

– Écoute, d'ici une demi-heure, Birolli va arriver. Tout est prêt ?

– Oui.

– Hier soir, il est venu dîner chez moi. Tu sais, il raconte partout qu'il est mon deuxième père parce que mon premier emploi a été dans son usine…

Marsili a l'impression d'un changement dans la voix de Mauro, peut-être un peu d'émotion, il sait que le directeur général n'a jamais connu son père, mort deux mois avant sa naissance. Sans doute la plaie ne s'est-elle jamais refermée et Marsili y retourne le couteau avec une rapidité foudroyante.

– Tu n'aimerais pas perdre celui-là aussi ?

Mauro sourit. Marsili ne comprend pas bien les hommes. Ce n'est donc pas sans raison si lui est directeur général et Marsili seulement son adjoint. Il ne lui répond pas.

— Pourquoi l'as-tu invité à dîner ? insiste l'autre.

— Ben, c'est ce que je fais de temps en temps. Et puis, hier, c'était mon anniversaire.

— Meilleurs vœux.

— Merci. Mais il m'a gâché la soirée, Birolli.

— Pourquoi ?

— Il était là, avec un air de chien affamé qui réclame un os…

— J'espère que tu ne vas pas te laisser émouvoir.

Il a encore marché, le bon Marsili, le lecteur de poèmes. Il n'en faut pas beaucoup pour le rouler, c'est bon à savoir.

— Pas de danger. Ou il nous cède tout ou on ne fait rien. On n'est pas une société de bienfaisance ! À la fin des négociations, on lui proposera un certain chiffre pour son paquet d'actions. Nous pouvons intégrer leurs pertes pour réduire nos bénéfices : cent millions de pertes tant qu'elles restent là, c'est du gaspillage, alors que si nous les mettons dans notre bilan, ça vaut quarante de réductions d'impôts. Calcule toi-même les proportions… Comme ça, il se libère des créditeurs et nous, on gagnera beaucoup plus que ce qu'on lui paiera. Et à la fin, c'est le bon peuple qui casque. Mais c'est toi, plutôt, qui dois faire attention à ne pas te laisser impressionner : je le connais, Birolli, il va faire une scène, il dira que s'il doit céder l'entreprise, il mourra de chagrin. Ah, j'oubliais, sur la question licenciements et mobilité, on passe. Je lui ai fait une allusion à la rencontre avec le sous-secrétaire et aux mesures sur notre personnel, et il croit que sur les effectifs d'Artenia nous respecterons les accords collectifs.

Cette fois, c'est Marsili qui sourit sans rien dire.

– Très cher ami ! s'exclame Mauro en se levant, le visage radieux, pour aller à la rencontre de Birolli, bras ouverts.

Ils s'étreignent. Birolli transporte un cartable plutôt volumineux. Il a une mauvaise tête.

– Ça va ?

– Je n'ai pas dormi. La faute à ton dîner.

Birolli serre la main que Marsili lui tend en inclinant légèrement la tête pour lui manifester tout le respect dû à un des nobles pères de la renaissance industrielle. Même si, là, maintenant, il est au bord de la faillite. Il a même déjà un pied dans le vide. Tout a marché plus que bien jusqu'au jour où, voilà trois ans, son fils Giacomo est mort dans un accident de la route. Birolli est revenu prendre en main l'entreprise, mais il n'était plus lui-même, il a commis erreur sur erreur et la crise a été le coup de grâce.

– Tu es venu seul ? lui demande Mauro.

– Je me suis fait accompagner par ma petite-fille. Birolli ne conduit plus, sa vue a trop baissé.

– Tu prends quelque chose ?

– Rien, merci.

– Asseyons-nous là, dit Mauro en indiquant une

table à douze places dans un coin de son énorme bureau.

Birolli le regarde, interdit.

– Mais on n'avait pas dit qu'il y aurait Manuelli ?

– Le vieux vient de téléphoner. Il s'excuse, mais cette nuit il a eu un léger malaise. Il m'a donné pleine et entière procuration. Et puis, ce n'est qu'une réunion informelle, non ?

Birolli, résigné, s'assied.

Il esquisse un mouvement pour ouvrir le cartable qu'il a posé devant lui sur la table mais Mauro l'arrête en posant une main sur la sienne.

– Laisse tomber.

– Mais j'ai là… vous devez savoir ce que…

– Nous nous sommes renseignés. Nous savons tout ce que nous devons savoir.

Mauro lui sourit et continue :

– Et puis, nous devons jouer à armes égales. Tu vois ? Ni moi ni Marsili nous n'avons une feuille de papier devant nous. D'abord on parle et on discute à visage découvert, on se met d'accord, et après on écrit. Nous sommes tous très pressés et puis, surtout, nous sommes entre gentilshommes, non ?

Les yeux de Birolli deviennent rêveurs.

– Ah ! Heureuse époque où on scellait des affaires plus grosses que celle-là par une poignée de main.

Entre Marsili et lui, par un parfait jeu d'équipe, ils mettent moins de trois heures pour l'assaisonner et le dévorer chaussures comprises.

– J'informerai le conseil d'administration. Je vous communiquerai ses décisions, dit Birolli.

Mais il sait très bien qu'il s'agit d'une simple formalité. Le conseil d'administration d'Artenia, étant donné la situation, ne pourra faire autrement qu'avaler la couleuvre et ratifier. Avec la crise, les banques ont fait la sourde oreille aux demandes désespérées de Birolli. Partout portes closes. Et Artenia s'est retrouvée dans une voie sans issue.

– Et nous exécuterons immédiatement le versement pour l'achat de ton paquet d'actions, le rassure Mauro.

Birolli pousse un soupir de soulagement.

– Tu peux me rendre un service ? Tu peux dire à ta secrétaire de téléphoner à ma petite-fille pour lui dire que j'ai fini ?

– Bien sûr. Donne-moi le numéro.

Birolli le lui dit et Mauro le mémorise pour son propre bénéfice.

– Dites-moi, Anna, dit-il dans l'interphone, il faudrait que vous appeliez la petite-fille du *dottor* Birolli pour lui dire que…

– Mais la demoiselle est déjà là !

Birolli se lève. La courbette que lui fait cette fois Marsili est plus appuyée, un hommage au drapeau ennemi déchiré et battu.

– Je t'accompagne, dit Mauro avec un sourire.

2

Licia, la petite-fille, attend son grand-père dans un petit salon. Nom de Dieu, quelle nana ! Mauro lui tend la main.

Il la lui tient serrée un peu trop longtemps, tandis qu'elle le regarde avec une lueur amusée dans les pupilles.

Dès la soirée de la veille, il a compris qu'il ne lui déplaisait pas.

– Je te rends ton grand-père sorti sain et sauf de la fosse aux lions.

– Je n'en doutais pas, dit Licia.

Et elle lui sourit.

À se la dévorer à petits coups de dents juste pour la déguster plus longtemps. Il se répète dans sa tête le numéro de portable.

Avant d'aller déjeuner, il appelle le vieux.

– Comment ça s'est passé ?

C'est la première chose que lui demande Manuelli. Il a dû attendre toute la matinée à côté de l'appareil, à attendre l'appel.

– Considère la partie comme gagnée.

– Comment il l'a pris ?

– Comment veux-tu qu'il le prenne ? On lui a tout enlevé.

– Pauvre type ! Mais il ne faut pas vendre la peau de l'ours avant de l'avoir tué.

– Allez, va ! Qu'est-ce que tu veux qu'il fasse, son conseil d'administration ? On lui a même payé ses actions en guise de pourboire, pour nous c'est que de l'avantage fiscal.

– Mais… combien tu lui as offert ?

– Deux cents millions. Il n'a pas fait de difficulté, même sur les licenciements et le changement de nom.

Manuelli semble perplexe mais Mauro ne lui laisse pas le temps de trop réfléchir :

– Toi, plutôt, comment tu te sens ?

– Moi ? Bien.

– Comme ce matin, on m'a dit que tu ne…

– Je n'avais rien. J'ai préféré ne pas me faire voir de Birolli. Nous sommes de vieux amis, comme tu sais. Manuelli et Birolli ont commencé à travailler ensemble, ils étaient les têtes brûlées du syndicat, puis Manuelli est devenu petit patron, Birolli a voulu rester à la hauteur…

L'autocélébration à la troisième personne continuerait sans fin si Mauro ne décidait de l'interrompre en invoquant un rendez-vous important.

Marisa s'étire, de sa bouche s'échappe un gémissement involontaire de plaisir. Si elle était chatte, elle se mettrait à ronronner.

– Comme je suis bien avec toi !

Et puis, étreignant de nouveau Guido, une jambe en travers de lui :

– Qu'est-ce que tu as dit à Mauro ?

– Que je devais aller voir maman à l'hôpital parce que demain, on l'opère.

– Mais c'est vrai ?

– Bien sûr que c'est vrai !

– Et tu n'y es pas allé ?

– Écoute, mon amour, ne me fais pas me sentir encore plus coupable. J'ai dû choisir. Maintenant, tu ne vas pas me reprocher de t'avoir choisie toi.

Marisa le serre contre elle, reconnaissante. Elle lui murmure à l'oreille :

– J'en veux une autre.

– Mais je t'en ai déjà dit une plutôt longue, il me semble !

– Ça ne me suffit pas. S'il te plaît !

– Bon, d'accord.

Elle pousse un petit cri, une sorte de bref hennissement, le lâche, se met sur le dos, jambes légèrement écartées, les bras levés au-dessus de la tête comme dans un geste de reddition. Guido la couvre de son corps, et murmure à quelques millimètres de la bouche entrouverte :

J'aimais des mots hachés que pas un...

Il lui lèche doucement une veine qui palpite sur la gorge.

... n'osait. M'enchante la rime fleur...

Maintenant ses lèvres s'attardent sur la pointe des seins.

... bonheur,
la plus antique et difficile du monde...

Quand il arrive aux deux vers de conclusion, le visage de Guido a disparu entre les cuisses de Marisa.

J'aime que tu m'écoutes et ma bonne
carte à la fin de mon jeu.

Elle, en se contorsionnant et en miaulant, l'agrippe par les cheveux, le remonte vers elle.

Puis, tandis qu'elle se rhabille, tout à coup boudeuse :

— Guido, je ne veux plus retourner à la maison.

Il savait qu'un jour ou l'autre, cette connerie, Marisa la dirait. Et il s'était dûment préparé.

— Et où voudrais-tu aller ?

— Nulle part. Rester ici, chez toi, avec toi.

— Écoute, Marisa…

— Mauro, moi, je ne l'aime plus. Je ne ressens rien pour lui. Même quand… ça me dégoûte, à vomir. Tu peux comprendre ça, oui ou non ?

— Je te comprends, mais…

— Tu m'as changée, je ne suis plus la même. J'étais une poupée gonflable, je ne raisonnais pas, je ne pensais pas, je ne lisais pas, je ne comprenais pas la poésie… Avant oui, Mauro, je l'aimais, sérieusement, puis quand je t'ai connu… Je ne sais pas comment me l'expliquer, mais c'est comme ça. Tu ne me crois pas ?

— Bien sûr que je te crois. Mais c'est une chose qui arrive plus souvent que tu ne crois. C'est l'intermittence du cœur.

— Qu'est-ce que ça signifie ?

— Ça signifie… voilà, que l'amour que nous

éprouvons envers une personne, quelquefois, peut subir un arrêt, une immobilisation, un black-out momentané, une intermittence, précisément.

– Un moment. Tu es en train de me dire qu'il s'agit d'une chose passagère ? D'un caprice ? Que moi, après toi, je pourrais recommencer à aimer Mauro comme avant ?

– Pourquoi pas ? Ça pourrait arriver.

– Et ça pourrait arriver que tu te remettes avec ton ex-femme ?

– Ça, c'est absolument à exclure.

– Tu vois ? Pourquoi ce qui vaut pour toi ne peut pas valoir pour moi ?

Pas si conne, la fille !

– Je suis en train d'essayer de t'expliquer qu'il faut du temps pour comprendre s'il s'agit d'une intermittence ou d'une interruption définitive. Ça fait à peine un mois que ça a commencé, Marisa.

– Moi, j'ai l'impression d'être avec toi depuis toujours.

– C'est une impression à toi, mais elle ne correspond pas à la réalité. Pour l'instant, ça pourrait n'être qu'un coup de tête. Mais justement parce que nous croyons que notre relation est sérieuse, il faut évaluer la situation avec calme.

Il manquerait plus qu'elle largue Mauro pour venir vivre avec lui. Sans compter que Mauro le jetterait dehors à coups de pied au cul sans hésiter une seconde. Et par les temps qui courent, il risquerait de se retrouver au chômage pour des années.

Anna Mengozzi, la secrétaire de Mauro, est presque la dernière à quitter le bureau. Elle salue le gardien, prend l'ascenseur, abandonne le dixième étage. Le portier lui souhaite le bonsoir de derrière son comptoir envahi d'écrans de surveillance et de téléphones. Elle sort dans la rue, regarde autour d'elle. Un discret coup de klaxon l'aide à s'orienter. La voiture de Marco est garée à faible distance. Tandis qu'elle traverse, il lui tient la porte ouverte.

— Bonjour, mon amour.

— Bonjour, ma choute.

— Ça fait longtemps que tu m'attends ?

— Cinq minutes. Qu'est-ce qu'on fait ? On va chez toi d'abord et on dîne ensuite ou le contraire ?

— Le contraire.

Elle a plus faim de Marco que de quoi que ce soit. Mais elle veut déguster longuement l'idée que son appétit, plus tard, sera amplement satisfait.

À quarante-huit ans bien sonnés, elle n'y croyait plus.

Elle s'était mariée peu avant vingt ans, raide dingue d'un type qui n'a mis que quelques mois à se révéler un saligaud, et qui l'a quittée enceinte avant de disparaître à jamais. Anna a fait étudier Giovanni au prix de beaucoup de sacrifices mais pour finir son fils est devenu avocat et travaille maintenant dans un grand cabinet romain. Il vient la voir une fois par mois. Elle s'était résignée à la solitude. Mais sans jamais se laisser aller, sachant toujours se tenir, prenant bien soin de sa personne, sortant avec des amies pour voir un film ou une pièce de théâtre, manger dans un bon petit restaurant. Un peu pour elle-même, bien sûr, et un peu parce que c'est son travail qui le veut : le regard du patron a son importance et puis chaque jour, devant son bureau, il y a un va-et-vient de gens importants, de ceux qui passent souvent à la télé.

Jusqu'à ce qu'un soir, deux mois plus tôt…

Au sortir du bureau du *dottor* De Blasi, Beppo Manuelli laisse tomber :

— Ça fait combien de temps qu'on n'a pas dîné ensemble, nous deux ?

— Pas mal de temps.

— Et pourquoi pas ce soir ?

Anna n'a rien de prévu et si elle peut éviter d'être seule chez elle…

— Volontiers.

— Tu dois passer par chez toi ?

— Je dirais que oui.

— Alors, à neuf heures, je viens te prendre.

Beppo est à mourir d'ennui. Mais comment dire non à un vice-directeur général, surtout si c'est le fils du président ? On raconte que c'est un coureur invétéré, comme l'a été son père mais avec elle, les quatre ou cinq fois où ils sont sortis ensemble, il s'est toujours comporté de manière très convenable et courtoise. De toute façon, même s'il tentait le coup, elle saurait comment le faire tenir tranquille. Le vrai motif de ces invitations à dîner, elle l'a compris dès la première fois. Comme Beppo ne compte pour rien dans l'entreprise, puisque c'est un incapable — s'il a été embauché avec un salaire somptueux, un beau bureau et une belle pute comme secrétaire, c'est seulement grâce à son père –, il veut d'elle des informations générales sur l'entreprise, parce que, si quelqu'un lui posait des questions, il ne saurait quoi répondre. Il est dévoré d'envie envers le *dottor* De Blasi, la charge de directeur général aurait dû, d'après lui, lui revenir par droit du sang. Tu parles ! Il ferait tout couler en quelques jours.

Beppo la conduit dans un restaurant à la mode. Elle, connaissant ses habitudes coûteuses, s'est mise sur son trente et un.

Comme prévu, Beppo veut savoir les dernières frasques de De Blasi. Elle, naturellement, reste dans le vague mais ce vague suffit à Beppo.

Pendant ce temps, elle est distraite par un superbe quadragénaire, un soleil, visage de beau ténébreux, élégant, assis à une table voisine, qui ne la quitte pas des yeux. Par moments, c'est carrément embarrassant.

Par chance, Beppo lui tourne le dos et donc ne s'aperçoit de rien, sinon, idiot comme il est, il serait capable de lui faire une scène.

Le lendemain matin, quand elle s'apprête à franchir le seuil de l'immeuble de la société, Anna a un instant d'hésitation, elle ralentit le pas, tourne un peu la tête pour mieux regarder l'homme planté à deux pas, immobile, malgré la pluie insistante.

Oui, elle a bien vu. C'est le beau ténébreux. Il porte un costume de lin clair, qui a dû lui coûter une belle somme.

Mais que veut-il ?

Il doit bien avoir cinq ans de moins qu'elle et, beau comme il est, il ne doit pas avoir de mal à conquérir des femmes plus jeunes et plus attirantes.

Durant la pause déjeuner, Anna a l'habitude de manger avec d'autres employés dans un petit restaurant du coin, qui a passé des accords avec la société.

Le beau ténébreux monte la garde devant l'immeuble, il la suit au restaurant, prend place à une table voisine, la regarde tellement que Stefania, la secrétaire de Marsili, à un certain moment lui donne un coup de coude :

– T'as une gâche.

Puis, le soir, tandis qu'elle se rend sur le parking, elle le voit réapparaître comme par enchantement.

– Pardonnez-moi, je souhaiterais vous déranger pour quelques secondes…

C'est ainsi que ça a commencé.

Mauro et Marisa dînent chez le député Pennacchi. Qui est sous-secrétaire au Développement économique. Les convives sont six, trois couples. Il y a aussi Viscardini, assistant, secrétaire et homme de confiance de Pennacchi avec son épouse Angela, une blonde insipide. Aurelia, l'épouse du député, mieux connue comme « la Ciseaux », est une mine de ragots. Assis à côté de Pennacchi, Mauro l'écoute professer un optimisme quelque peu inconscient sur les suites de la crise. Mais telles sont les directives du Premier ministre et un membre du gouvernement ne peut que les suivre. Soudain, il se distrait. Il a entendu Aurelia Pennacchi prononcer un nom : Licia Birolli. Il essaie d'en entendre plus, mais Aurelia a baissé la voix, elle est en train de parler à l'oreille de Marisa qui rit. Puis Aurelia dit à haute voix :

— Mais vous êtes au courant de cette nouvelle folie de l'Europe ? Ils voudraient qu'on retire les crucifix des administrations publiques !

Les dames, à voix haute, expriment leur indignation. Mais Pennacchi, à la stupeur générale, laisse tomber :

— Moi, je suis d'accord.

Tout le monde se tait. Il a donc perdu la tête ? Lui qui a toujours été contre les projets de Pacs à l'italienne, le testament de refus de l'acharnement thérapeutique, le concubinage, les homosexuels, la RU 486, l'avortement, la pilule, lui qui s'est toujours aligné sur les déclarations des évêques et des cardinaux ?

— Mais qu'est-ce que tu racontes ?! se récrie, plus fort que les autres, Aurelia.

— Je suis d'accord pour éviter une offense continue à notre Sauveur.

— Explique-toi mieux, insiste Aurelia.

— Mais, mes amis, attaque le député, vous ne vous rendez pas compte de toutes les infamies qui sont commises dans les salles d'audience, en présence des crucifix, par les magistrats communistes ? Quelles turpitudes s'étalent dans les amphithéâtres et les salles de classe, drogue, violence des voyous, actes sexuels, en présence du crucifix ? Et combien de fois la corruption triomphe-t-elle

dans une administration en présence d'un crucifix ? Vous croyez que Jésus ne souffre pas de voir
toutes ces ignominies ? Qu'il ne pleure pas ? Qu'il
ne sent pas chaque fois les clous le transpercer de
nouveau ? Mieux vaut lui épargner d'autres tour-
ments, d'autres tortures !

Il s'est ému. Se passe une main sur les yeux.
Aurelia bondit, court l'embrasser. Et puis :

— Qui veut du café ?

À la fin du dîner qui a duré trop longtemps,
avec des pauses d'une demi-heure entre deux plats,
Pennacchi s'excuse auprès des dames, il lui faut
parler un peu avec Mauro. Les trois hommes se
retirent dans le bureau. Pennacchi offre du whisky
et s'allume un cigare. Puis il s'adresse à Mauro.

— Pourquoi tu ne m'as pas dit que tu es en difficulté ?

Putain ! Marsili a parfaitement deviné le coup !
Son chef d'atelier napolitain a parlé, et comment
qu'il a parlé… il a dû utiliser un mégaphone !

Mauro joue l'étonnement.

— Qui te l'a dit ?

— Des bruits qui courent.

— Allez, qui…

— On dit le péché, pas le pécheur.

— Eh, mon cher député, il était inévitable que
la crise frappe aussi notre secteur qui, comme tu
ne l'ignores pas, dépend surtout des commandes
de l'étranger. Mais nous avons encore des res-
sources pour relancer et parier sur le redressement

d'Artenia : tu sais que nous sommes sur le point de conclure les négociations.

— Je le sais, mais ne change pas de sujet, là. Pour tes effectifs en surnombre, qu'est-ce que tu comptes faire ?

— Faire des coupes, je ne vois pas d'autre solution.

— Dans quelle mesure ?

— Je crois que je vais être obligé de mettre au moins huit cents unités au chômage technique.

— Et tu comptes aussi fermer un ou plusieurs établissements ?

— C'est inévitable. Je crains... au moins deux.

— Où ?

La réponse à fournir à cette question, Mauro se l'est préparée depuis longtemps.

— À Gallarate et à Saronno.

Pennacchi est né à Gallarate, son frère, maire de Saronno, est un de ses grands électeurs. La fermeture des deux établissements lui ferait perdre un gros paquet de voix. Le député et sous-secrétaire accuse durement le coup. Il éteint lentement son cigare, puis dit à Viscardini :

— Excuse-moi, tu pourrais sortir un moment ?

L'autre se lève, sort en refermant la porte derrière lui. Pennacchi s'incline vers Mauro et lui demande à mi-voix :

— Tu me dis ce que tu veux ?

Et Mauro le lui dit.

Ils quittent la maison des Pennacchi peu après minuit. Marisa, sans le montrer, a tenté de faire durer la soirée de manière que, une fois rentrée, elle puisse opposer une fatigue plus que justifiée à l'inévitable requête de Mauro, mais elle n'y est pas arrivée, le député et sous-secrétaire a dit qu'il devrait se lever très tôt, car il doit aller à Rome. Elle a dû se résigner à endosser son manteau. Elle est certaine que Mauro la voudra, d'autant plus qu'elle l'a vu sortir surexcité de l'entretien avec Pennacchi. Elle ne comprend rien aux petits jeux de son mari, mais elle devine qu'il s'y livre, ça oui, et que ce sont des petits jeux risqués, passablement dangereux, en fait, quand ça marche, il libère la tension nerveuse à laquelle il s'est soumis en lui faisant l'amour pendant des heures, jusqu'à s'écrouler d'épuisement.

— Pendant que tu vas dans la salle de bain, je vais regarder un peu la télévision, annonce-t-il. Je n'ai pas sommeil.

Peu après, Mauro éteint le téléviseur et les lumières du salon et se dirige vers l'escalier. Les nouvelles de la crise, l'augmentation du chômage, les usines qui ferment, bref les nouvelles qu'il a entendues l'ont mis de mauvaise humeur.

Plus tard, au lit, tandis qu'il parcourt l'ouvrage d'un économiste anglais, tout à coup lui revient à l'esprit un moment de la soirée chez les Pennacchi.

— Tu dors ? demande-t-il à Marisa qui lui tourne le dos.

Et il caresse doucement son derrière nu.

— Presque.

Elle espère que Mauro ne se méprendra pas sur

le frisson de dégoût qui l'a instantanément parcourue en sentant la main de son mari sur sa peau.

– Qu'est-ce qu'elle te disait, la Ciseaux ? Sur qui elle ragotait ?

– Oh mon Dieu ! dit Marisa, un petit peu rassurée. À quel sujet ? Elle a tellement parlé !

– Tourne-toi.

Elle a commis une erreur. Mauro n'aime pas qu'on lui parle sans le regarder en face.

– J'ai eu l'impression qu'elle te disait quelque chose sur la petite-fille de Birolli, celle qui a accompagné son grand-père hier.

– Ah oui ! Tu le savais qu'elle travaillait avec Ravazzi ?

– Avec Ravazzi ?! Non, qu'est-ce qu'elle fait ?

– C'est sa consultante personnelle. Il paraît que c'est une espèce de génie.

– Ah, c'est vrai ?

Des femmes qui s'occupent d'économie ou d'activités industrielles, il en a connu, mais elles n'ont jamais brillé par leur beauté.

– Pourquoi ce ne serait pas vrai ?

– Mais quel âge elle a ?

– Vingt-cinq ans. Elle a passé son diplôme à vingt-deux ans avec les félicitations du jury et, dès la dernière année, elle avait reçu trois ou quatre offres de travail. Elle a fini par choisir Ravazzi.

– Mais pourquoi justement lui ?

– Dans un premier temps, parce que c'est lui qui lui a offert le plus beau salaire, ensuite parce que, c'est du moins ce que soutient la Ciseaux, elle ne lui a plus seulement servi de consultante mais elle l'assiste aussi pour ce qui concerne des besoins très très personnels.

– J'ai compris.

– La Ciseaux a aussi dit que bon... tout cet amour pour le grand-père...

Ah ben, bravo, Licia !

– Allez, bonne nuit, murmure Mauro à sa femme.

Sauvée ! Incrédule devant ce miracle, Marisa se remet sur le flanc.

Peu après, juste avant d'éteindre la lumière, Mauro s'attarde à contempler son dos, ses fesses, ses jambes.

Elle est tellement splendide, harmonieuse, lumineuse, qu'elle lui procure une émotion qui n'a plus rien à voir avec le désir. Voilà une sacrée nouveauté, mais Mauro espère bien qu'elle ne durera pas.

Avant de s'endormir, il pense à Licia Birolli. Elle s'est trouvé un bon poste. Pas à dire.

Il connaît Luigi Ravazzi depuis le temps de la Bocconi[1] et il lui a toujours été antipathique, sans motif particulier. À l'époque, Ravazzi était l'héritier désigné d'un empire, au moins d'un royaume économique, puis il a dû se passer quelque chose dans sa famille à la suite de quoi il a été, non pas déshérité, mais passablement marginalisé. Sa lutte intelligente pour la reconquête du trône, qui a duré plus d'une décennie, a été un exemple de ténacité, de perspicacité, de subtilité, de cynisme et

---

1. Prestigieuse université milanaise, équivalent d'HEC. *(NdT)*

d'absence totale de scrupules. Et maintenant il continue à foncer comme un train, on le surnomme « le Trou noir », parce qu'il dévore tout ce qui entre en contact avec lui. Par chance, entre le groupe de Ravazzi et le sien, jusqu'à maintenant il y a eu une course parallèle et à distance de sécurité.

L'antipathie qu'il éprouve pour lui est réciproque. Quand ils se rencontrent, ils se saluent à peine. Et puis Ravazzi ne l'a jamais invité à ces congrès très sélects qu'il organise et auxquels participent ministres, banquiers, industriels, italiens et étrangers.

Elle n'arrive pas à s'endormir, elle est là, étreinte par lui qui, en revanche, ronfle doucement, on dirait une locomotive, pour l'instant elle est arrêtée, mais il suffirait de lâcher le frein pour qu'elle reparte à toute vitesse. Il lui est venu un fastidieux fourmillement à une jambe, mais elle n'ose pas bouger de peur de le réveiller. Finalement, Marco s'est décidé à répondre à la question qu'elle lui a adressée dès la première nuit où ils ont dormi ensemble. Toutes les autres fois, Marco avait coupé court :

– Je ne te réponds pas, je n'aime pas les femmes curieuses.

Mais comment pouvait-elle ne pas être curieuse ? Et puis, n'était-il pas normal qu'une femme amoureuse pose cette question à son homme ?

– Mais tu travailles où ?

L'argent, il en a, et beaucoup, des tenues de classe, il l'emmène dans des restaurants où un dîner à deux coûte un mois de son salaire à elle.

– Bon, d'accord, a-t-il répondu. Je joue à la bourse et je m'en sors plutôt bien.

Elle ne l'a pas cru et le lui a dit.

– Alors, disons-le comme ça. Je suis l'inspecteur communal des toilettes publiques.

Elle s'est mise en colère, lui a tourné le dos.

– Bonne nuit.

Au bout d'un moment, les mains de l'homme l'ont contrainte à se retourner.

– Tu veux vraiment savoir ce que je fais ?

– Oui.

Alors Marco a bondi sur ses pieds, et debout sur le lit, a entonné, poings serrés brandis vers le haut, le bassin ondulant d'avant en arrière, la chanson : « *Just a gigolo...* »

Et Anna a compris qu'il lui chantait la vérité.

Et quand, à la fin, Marco s'est écroulé près d'elle, une seule question lui est montée aux lèvres :

– Et tu continues à le faire ?

Marco l'a serrée très fort.

– Je ne peux plus. Depuis que je t'ai rencontrée, je n'ai plus réussi à le faire. Je suis en train de piller mes économies pour toi.

Alors, elle, tranquillement, elle s'est mise à pleurer de joie.

3

– J'ai trouvé un accord avec Pennacchi.

– Je n'en doutais pas, dit Marsili.

– On va fermer l'établissement de Nola.

– Et nous laisserons tourner ceux de Gallarate et Saronno, complète Marsili.

– Naturellement.

– Et pour les réductions d'effectifs ?

– Cinq cents unités, saupoudrées ici et là.

– On n'avait pas dit huit cents ?

– Oui, mais Pennacchi veut limiter les dégâts. En échange, il va nous aider dans l'opération Artenia. Il m'a formellement garanti que le gouvernement ne ferait pas d'histoire.

– Comment comptes-tu procéder ?

– Toi, tu convoques qui tu dois convoquer et tu officialises la chose. Et prépare-toi à l'attaque des syndicats et aux aboiements des journalistes qui vont monter en épingle les assemblées, les banderoles de protestation, les manifs, les quatre connards qui vont monter sur une grue.

– Je suis prêt, t'inquiète pas. Et toi ?

– Moi, j'interviendrai quand la première vague

sera passée. Et attention : pour l'instant, il faut que rien ne transpire de l'histoire de l'Artenia. Une seule indiscrétion foutrait tout en l'air.

Le téléphone intérieur sonne.

– *Dottore*, c'est M. Birolli.

– Au téléphone ?

– Non. Il est là. Je l'ai fait installer dans le petit salon.

– Il est seul ?

– Oui.

– Merci.

Et puis, tourné vers Marsili :

– Il avait un rendez-vous avec toi ?

– Avec moi ?!

– Et avec moi non plus. Il est venu de sa propre initiative. Écoute, je n'ai aucune envie de le voir, va lui demander ce qu'il veut, dis-lui que je suis en réunion et que je ne peux pas bouger. Et fais-lui comprendre que ce n'est pas une bonne idée qu'il se montre souvent chez nous, ne serait-ce que dans son propre intérêt.

Marsili sort.

Birolli est venu seul, sa petite-fille ne l'a pas accompagné, peut-être était-elle trop occupée à se faire consulter par Ravazzi.

Une mauvaise pensée le prend au dépourvu. Il y a quelque chose qui ne tient pas. Si Licia est à ce point dans les petits papiers de Ravazzi, comme le soutient la Ciseaux, pourquoi ne s'est-elle pas adressée à lui pour aider son grand-père ? Ou bien elle l'a fait et lui l'a envoyée paître ? Et ça, ce serait bizarre, parce qu'il est impossible que Ravazzi n'ait pas flairé l'affaire, comme lui l'a fait. Pourquoi donc cette fois le Trou noir n'a-t-il pas avalé l'Artenia ? Peut-être parce que Ravazzi n'a pas été aussi malin que lui sur deux-trois petites clauses en bas de pages...

En tout cas, il est toujours plus urgent, et pour diverses raisons, de trouver le moyen de passer quelques petites heures avec la délicieuse Licia.

Marsili reparaît une heure plus tard.

– Qu'est-ce qu'il voulait ?

– Il est venu quémander quelques os en plus.

– Je m'y attendais. Et toi ?

– Allez, quelle question !

– Il a convoqué le conseil d'administration ?

– Pas encore. D'après moi, il prend son temps.

– Tu sais quoi ? Ce type est capable de nous épuiser et nous avons besoin de conclure au plus vite. Si ça s'éternise, le risque de fuite augmente.

– Et alors ?

– Alors, demain, je l'appelle et je lui dis comme ça, par téléphone, qu'il a sept jours, c'est à prendre ou à laisser.

– Et s'il laisse ?

– Tu veux rigoler ? Ce type ne sait plus à qui proposer son cul.

Ils se mettent à table. Marisa est très pâle. Elle a pris une décision, même si Guido l'a conjurée jusqu'au dernier moment de ne pas le faire.

Il en est même arrivé à la menacer :

– Si tu le lui dis, je ne veux plus te voir.

Mais elle est sûre que Guido reviendra vers elle bras ouverts.

Comment fait-il pour ne pas se rendre compte qu'il n'y a pas d'autre solution, qu'elle ne peut pas continuer comme ça ?

– Tu te sens bien ?

– Non, répond-elle.

– Qu'est-ce que tu as ?

– Je vais te le dire. Mauro, je suis…

Marisa est en train de lui dire quelque chose parce qu'il voit ses lèvres bouger. Et il doit s'agir de quelque chose d'extrêmement sérieux, parce que, pendant qu'elle parle, les larmes coulent de ses yeux, roulent sur ses joues.

Mais Mauro n'est pas en mesure d'entendre quoi que ce soit.

Marisa continue à parler et à pleurer, mais aucun son ne lui parvient. Pire que quand on écoute quelqu'un en train de parler à la télé et que le son est coupé d'un coup. Pire, oui, parce que cette fois, le silence est total, absolu, même l'arrière-fond sonore de la ville qui vit et bouge a disparu, plus rien ne filtre du dehors, c'est comme si tout autour de lui avait jailli une bulle d'air insonorisé, qui l'avait englobé. Le phénomène l'effraie moins qu'il ne l'étonne. Il voudrait dire à Marisa ce qui est en train de lui arriver mais il ne peut pas. Il a la bouche pleine d'une fourchetée de spaghettis qu'il n'arrive ni à mâcher ni à avaler. Les muscles sont paralysés, ils n'obéissent plus aux impulsions envoyées par le cerveau.

Puis, sans transition, il se débloque. Le contact

avec le monde est rétabli. Pendant une fraction de seconde, le volume de tous les bruits extérieurs à peine perceptibles normalement monte si fort qu'ils lui résonnent dans la tête, l'étourdissent. Il ferme les yeux. Et quand il les rouvre, il voit que Marisa a éloigné son assiette, qu'elle a appuyé les bras sur la table et le front sur ses bras, ses épaules continuent d'être secouées de sanglots silencieux.

Mais qu'est-ce qu'elle a dit ? Et pourquoi pleure-t-elle ?

– Marisa... Marisa, s'il te plaît, regarde-moi.

Elle relève la tête, le regarde avec des yeux suppliants et épouvantés. Ses lèvres tremblent.

– S'il te plaît, tu veux bien répéter ?

Il voit ses yeux s'écarquiller de stupeur.

– Tu parles sérieusement ?

– Oui.

– Tu ne m'as pas entendue ?

Elle a presque crié.

– Non, j'ai eu un instant de distraction et...

Le hurlement de Marisa le fait sursauter. Puis sa femme bondit sur ses pieds et court, hurlant toujours, vers l'escalier.

Mauro est pétrifié. Stella, la bonne, arrive, hors d'haleine.

– Qu'est-ce qui se passe ?

– Retournez à la cuisine.

Il réussit à se lever au bout de quelques minutes. Il monte, Marisa s'est enfermée à clé dans sa salle de bain.

– Marisa, ouvre.

Un cri hystérique lui répond. Et puis :

– Va-t'en.

– Marisa, ouvre !

– Si tu t'en vas pas, je me jette par la fenêtre.

Il comprend qu'il vaut mieux ne pas insister. Tôt ou tard, elle se calmera. Il n'a même pas la curiosité de savoir ce qu'elle lui a dit et qu'il n'a pas entendu. Bien sûr, il ne l'avait jamais vue autant bouleversée, mais qu'est-ce que vous voulez que ce soit ? Une de ces bêtises que les femmes ont vite fait de transformer en tragédie.

Il se dit que, pour Guidotti, il vaut mieux lui téléphoner de chez lui. C'est bien que personne ne sache qu'il a besoin d'un contrôle médical. Même pas Anna, qui est très fidèle. Dans son milieu, il suffit que pointe un risque de maladie pour que les corbeaux s'envolent, en un mois, tout le monde te pense foutu.

C'est la femme de Guidotti qui lui répond, elle lui dit qu'Alessandro est en voyage, il est à un congrès à New York, il revient dans une semaine.

– Mais si c'est urgent, vous pouvez vous adresser au professeur Lachiesa de sa part. Vous voulez le numéro ?

Il réfléchit un instant.

– Non, madame, je vous remercie, j'attendrai le retour de votre mari.

Il n'est quand même pas à l'article de la mort !

– *Dottore*, il y a la *dottoressa* Licia Birolli au téléphone.

Il était justement en train de penser à l'appeler sous une excuse quelconque.

– Passez-la-moi.

– Comment ça va ? dit Licia.

– Bien, et toi ?

– Je vous téléphone de la part de…

– Excuse-moi, Licia, mais moi, je te tutoie !

– Et donc ?

– Pourquoi tu ne me rends pas la pareille ?

– Par correction, vu la différence d'âge.

Et elle rit. Mais elle ajoute :

– Quand même, je n'ai rien contre te tutoyer.

– Comme ça c'est mieux.

– Écoute, je te téléphone de la part de Luigi.

À l'instant, il décide de feindre de ne rien savoir d'elle. Pourquoi ? Il ne sait pas, c'est l'instinct qui le lui suggère.

– Excuse-moi, Luigi qui ?

– Ravazzi.

– Pourquoi, tu le connais ?

– Je travaille pour lui.

Elle l'appelle Luigi. Vous pariez que la Ciseaux a vu juste ?

– Et qu'est-ce que tu fais chez lui ?

– Je suis sa consultante personnelle.

– Vraiment ?! Mais tu sais que… laissons tomber.

– Non, ne laisse pas tomber. Qu'est-ce que tu voulais me dire ?

– Ben, l'autre soir, tu n'as pas ouvert la bouche. Tu m'as paru une étudiante timide, au maximum en deuxième année d'université.

– Tu t'es planté sur toute la ligne, mon cher.

Je suis brillamment diplômée, j'ai vingt-cinq ans et je ne suis pas du tout timide.

– Bon à savoir. Alors, dans ce cas, juste pour vérifier, si je t'invitais à dîner, qu'est-ce que tu répondrais ?

– Je répondrais : quand ?

– Ben, dis-moi, toi. Je suppose que Ravazzi t'occupe beaucoup.

– Je peux me libérer quand je veux. On dit lundi soir ?

– D'accord. Où ?

– Écoute, je ne crois pas que ce soit une bonne idée d'aller au restaurant. Si on nous voyait ensemble, on pourrait mal l'interpréter.

– Penser qu'il y a quelque chose entre nous ?

– Mais non ! On pourrait penser que je sers d'intermédiaire entre Ravazzi et toi pour je ne sais quelles combines louches.

– Alors, qu'est-ce que tu proposes ?

– Que tu viennes dîner chez moi. N'aie pas peur, je suis bonne cuisinière, aussi.

Mentalement, Mauro se frotte les mains. On ne pouvait pas rêver mieux !

– Donne-moi l'adresse.

Licia la lui donne.

– Ça te va, huit heures et demie ?

– Ça va très bien.

– Au revoir.

– Au revoir.

Tandis qu'il se dit qu'il a eu un coup de chance incroyable, le téléphone sonne de nouveau.

– Excusez-moi, *dottore*, c'est encore Mlle Birolli.

– Troublée par la séduction de ta voix, j'ai oublié le but de mon coup de fil.

– Ah, oui, c'est vrai, je n'y ai pas pensé non plus. Et pour la même raison.

– Tu sais que, chaque année, Luigi organise un colloque qui…

– Qui ne le sait pas ?

– Il voudrait savoir si tu accepterais une invitation à participer à celui de cette année.

Qu'est-ce qui se passe ? Un tremblement de terre ? Le Jugement dernier ?

– Pourquoi pas ?

– Cette année, il se tiendra à Ischia. Du vendredi au dimanche soir.

– Oui, mais à quelle date ?

– Vendredi de la semaine prochaine.

– Excuse-moi, mais ça ne te semble pas un petit peu tard pour m'en parler ?

– Jusqu'à hier, nous n'étions pas sûrs que ça se ferait. Avec la crise, beaucoup de gens que nous avions invités ont dû se décommander.

C'est clair : il va servir de bouche-trou.

– Luigi tient beaucoup à ce que tu présentes une communication. J'aurais besoin d'avoir d'ici demain un titre et un bref résumé. Tu sais, c'est pour le programme…

– Très bien. J'y pense ce soir et demain je te dirai.

– Je t'appelle demain matin à dix heures.

– À quelle heure, demain, *dottore* ? lui demande le chauffeur, raide dans son uniforme, en lui ouvrant la portière.

C'est une question rhétorique, il sait très bien que M. le directeur général doit arriver au bureau à neuf heures pile, même le samedi. Et de fait :

– Comme d'habitude.

À l'instant où Mauro entre, il a la sensation que la maison est déserte.

Certes, les domestiques ont leur soirée du vendredi libre, mais le silence n'est pas naturel.

– Marisa ?

Pas de réponse.

Il rappelle, un peu plus fort. Rien. Elle n'est quand même pas restée enfermée tout l'après-midi dans la salle de bain à pleurer ! À cette heure, ça devrait lui avoir passé. Ou bien ça ne lui a pas passé et elle reste à faire la gueule dans un coin la mine renfrognée ? Il monte l'escalier, entre dans la chambre à coucher. La découvre dans un désordre digne d'une incursion de cambrioleurs, pire encore dans la garde-robe. Il ouvre les portes du grand placard mural laqué de blanc où Marisa garde ses affaires : un quart du contenu a disparu. Il regarde dans le coin des valises : il en manque deux grosses. Il est clair que Marisa a quitté la maison. Et sans même lui laisser un mot d'explication.

Il entre dans son bureau, s'assied, compose, sans y penser, le numéro du portable de Marisa.

« Votre correspondant n'est pas joignable actuellement… »

Il espère que la non-joignabilité de sa femme sera vraiment momentanée, parce que, autrement, il s'agirait d'un truc vraiment chiant qui lui ferait perdre trop de temps. Le problème c'est que, même si Marisa lui avait répondu, il n'aurait pu que l'inviter à revenir, en restant dans les généralités, parce qu'il ignore les motifs de son éloignement. Quand, en larmes, au déjeuner, elle les lui a communiqués, ces motifs, il ne les a pas entendus. À la base de la fuite de Marisa, il y a donc un malentendu. À savoir qu'elle n'a fait que croire à la justification qu'il lui a fournie : une distraction.

Et donc, elle a dû se sentir offensée, parce que ce qu'elle venait juste de lui dire devait être d'une importance extrême, vitale même. Du moins pour elle.

Et maintenant ? Téléphoner à ses amies ? Mais elles, si elles ont été averties de son départ, elles diront en chœur qu'elles n'en savent rien.

D'autre part, Marisa hors contrôle constitue un risque. Une mine flottante. La seule nouvelle qu'elle a quitté la maison pourrait lui nuire. Dieu sait combien de bavardages malveillants elle entraînerait, combien de suppositions à ses dépens, combien d'insinuations… Non, il faut absolument la retrouver au plus vite. Par où commencer ? Il lui vient une idée. Mais, d'abord, une vérification s'impose.

Il se lève, descend, sort dans le jardin, suit l'allée, arrive au garage. La porte basculante est restée relevée, la Mitsubishi de Marisa n'est plus là.

Il retourne dans son bureau, téléphone à Bastianelli.

— Vous pourriez venir chez moi ?
— Chez vous ?
— Oui.
— Maintenant ?

– Oui.

– J'arrive tout de suite.

On n'avait pas besoin de ce contretemps.

– Enfin, je te trouve ! Pourquoi as-tu gardé ton portable éteint tout l'après-midi ?

– Excuse-moi, mais j'ai eu une réunion très longue. Tu as une voix bizarre. Qu'est-ce qu'il y a ?

– Je lui ai dit.

– Quoi ?!

– Aujourd'hui à déjeuner. À Mauro. Je lui ai dit pour nous deux !

Guido se sent glacé. On parie que cette crétine l'a mis dans la merde ?

– Mais pourquoi ?! Quel besoin de faire ça ?

– Tu ne sais pas dans quel état j'étais cette nuit à l'idée qu'il me touche ! J'étais sur le point de hurler ! De m'enfuir dans la rue !

– Mais il t'a touchée ?

– Non.

– Et alors, tu peux m'expliquer, bordel, pourquoi tu n'as pas gardé ça pour toi ?! Marisa, je t'avais priée, suppliée de ne…

– Laisse-moi parler, je te prie ! Et à la fin, après que je lui ai tout raconté, tu sais ce qu'il m'a demandé ?

– Comment je peux le savoir ?!

– Il m'a demandé de lui répéter ce que je venais de lui dire parce qu'il avait eu un moment de distraction et qu'il n'avait rien entendu ! Tu comprends, la canaille ? Moi, je suis là à me désespérer, à pleurer, à souffrir, et lui qui pensait à ses affaires ! Mon

Dieu, comme je me suis sentie blessée ! Humiliée et blessée ! J'étais comme un chien qui glapit avec le patron qui n'y fait pas attention ! Je n'étais rien, je n'existais pas ! Il était là à me regarder et il ne me voyait pas !

Et elle éclate en sanglots désespérés.

Guido est terrorisé, tout transpirant. Il voit les choses différemment. Bien sûr, Mauro a tout entendu, il n'en a pas perdu une syllabe et, habile et malin comme il l'est, il a choisi la tactique de feindre une distraction momentanée. Malgré sa grande envie de lui raccrocher au nez, il faut qu'il en sache davantage sur la façon dont ça s'est passé.

– Marisa, écoute-moi, c'est important.

– Dis-moi, répond-elle en se mouchant.

– Tu le lui as répété ?

– Mais comment j'aurais pu ? J'étais folle de rage, je suis allée m'enfermer dans la salle de bain.

– Écoute, essaie de te rappeler, tu lui as dit mon nom ?

– Non.

– Tu es sûre ?

– Oui.

– Et qu'est-ce que tu lui as dit ?

– Que j'étais tombée amoureuse d'un autre homme et que je n'avais plus envie de vivre avec lui.

– Et puis ?

– Et puis il est allé au bureau, j'ai pris quelques affaires à moi et je suis partie.

Elle a quitté la maison ! Elle est vraiment crétine. Folle et crétine.

– Oh, seigneur Dieu ! Mais, une fois dans ta vie, tu arriveras à faire les choses comme il faut ? Dis-moi où tu es maintenant.

– Dans une pension.

– Tu lui as laissé un mot ?

– Non.

Il fallait courir aux abris, et d'urgence. Peut-être qu'au fond, la situation est moins compromise que ce qu'il pensait. La première chose à faire est de convaincre Marisa de rentrer chez elle.

– Je veux te voir, dit-elle, plaintive.

Pourquoi pas ? Ainsi, il pourra lui parler calmement.

– Tu as ta voiture ?

– Oui.

– Laisse-la où elle est, prends un taxi et viens chez moi, tout de suite.

Naturellement, Mauro va s'activer pour retrouver Marisa. Il va y arriver, c'est certain. Mais il va lui falloir un peu de temps. Donc, passer cette nuit avec elle ne représente pas encore un danger.

4

Bastianelli est un ex-commissaire, très habile et sans scrupules, actuellement chef de la surveillance dans l'entreprise. Mauro a déjà eu recours à lui, Bastianelli lui est très dévoué, car c'est lui qui lui a fait avoir le poste.

– Je compte sur votre discrétion, Bastianelli.

– *Dottore*, vous savez que vous pouvez vous fier aveuglément à moi. Je vous écoute.

– Cet après-midi, ma femme a quitté la maison et je voudrais que vous la retrouviez au plus vite.

Bastianelli s'attendait probablement à ce que Mauro lui demande quelque chose concernant la société, mais il n'a pas cillé. Il a sorti un bloc-note et un stylo, comme l'enquêteur dans les films.

– Pardonnez-moi si je vous pose quelques questions.

– Allez-y donc.

– Vous vous êtes disputés ?

– Non.

Ce qui s'est passé au déjeuner, on ne peut pas appeler ça une dispute, non ?

– Je dirais plutôt qu'elle a eu une crise hystérique, mais je ne sais pas par quoi elle a été provoquée.

– Vous ne savez pas pourquoi votre dame s'en est allée ?

– Je n'en ai pas la moindre idée.

– Excusez-moi, mais vous pensez qu'elle pourrait…

Il se tait, gêné.

– … avoir quelqu'un d'autre, vous voulez dire ? Vous savez, on ne peut jurer de rien, mais je ne crois pas…

– Elle pourrait être allée chez ses parents ?

– Non. Elle n'a pas de bons rapports avec eux.

– Elle pourrait avoir demandé l'hospitalité à une amie ?

– Je ne sais pas pourquoi, mais je crois bien que je l'exclurais.

– Elle a emporté beaucoup d'affaires avec elle ?

– Oui, deux grosses valises.

– Elle avait une voiture à elle ?

– Elle est partie avec.

Enfin, Bastianelli eut un léger sourire.

– Ça, c'est une bonne nouvelle. Vous me dites la marque et le numéro d'immatriculation ?

Il transcrit ce que lui dit Mauro, ferme le blocnote, se lève.

– Vous pourriez me donner une photo récente de votre dame ?

Il va la chercher, choisit un premier plan dans les clichés pris par un photographe homo très à la mode.

Quand Bastianelli s'en va, il parvient à une

conclusion précise, quoique fort amère à admettre :
Marisa s'en est allée parce qu'elle a rencontré un
autre homme. Il n'y pas d'autre explication possible. Et il est inutile de continuer à se tromper
soi-même en niant la réalité.

Une Marisa en mal de réconfort et de câlins
est d'un rendement supérieur à toute attente. Elle
devient reconnaissante au point de tout t'offrir
spontanément. Il n'a pas eu besoin de déranger les
lyriques grecs traduits par Quasimodo. Qui sont
son point fort.

Marisa l'a longtemps supplié de pouvoir s'installer chez lui, mais Guido lui a expliqué que ce
n'est pas possible, qu'il arrive souvent qu'un de
ses amis surgisse à l'improviste, que maintenant
qu'elle est libre, ils auront la possibilité de se voir
plus souvent… À la fin, elle s'est laissé convaincre.

Mais il n'y a pas eu moyen de la persuader de
passer au moins un bref coup de fil temporisateur
à son mari.

— Essaie d'être maligne. Tu l'appelles, tu lui dis
que tu as eu un moment de crise, que, heureusement, c'est en train de te passer, qu'il reste tranquille quelques jours, que tu as juste besoin d'une
petite pause pour réfléchir.

— Mais à quoi ça sert ?

— À gagner du temps, Marisa. À l'empêcher de
se déchaîner tout de suite. Fais attention, Mauro,
s'il s'y met, il peut devenir très dangereux. Ça sert
à le rassurer sur le fait que ça ne concerne que lui,
qu'il n'y a personne d'autre.

– Je vais réfléchir.

– Fais-le maintenant, allez !

– Mais on est en pleine nuit !

– Encore mieux. Ça sera plus convaincant.

– Non. Maintenant, je me sens pas.

La garde-robe de Marisa est maintenant dans un chaos total. Les robes, les sacs, les chaussures, les sous-vêtements, les manteaux, les imperméables, tout ce que, en fait, elle n'a pas emmené avec elle, gît en tas par terre.

Mauro, transpirant, vêtu de son seul caleçon, continue sa perquisition obstinée en explorant les plis, les coutures, les revers. La présence d'un homme, dans la vie d'une femme, laisse toujours des traces.

Le samedi matin, l'habitude veut que les deux vice-directeurs, sauf cas extraordinaires, ne viennent pas au bureau. C'est pourquoi Anna s'étonne quand Mauro lui demande :

– Marsili est là ?

Pour se corriger aussitôt, sans attendre la réponse.

– Ah, c'est vrai, on est samedi. Appelez-le et passez-le-moi, s'il vous plaît.

Cinq minutes plus tard, Anna l'avertit que le téléphone de Marsili sonne dans le vide. Et qu'il a son portable éteint.

– Il me semble qu'il possède une sorte de chalet quelque part.

– Oui, à Fiè, *dottore*, mais il n'y a pas le téléphone.

– Et c'est où, Fiè, bon Dieu ?

– Vers Siusi, *dottore*.

– Essayez de rappeler Marsili toutes les heures, je vous prie.

À dix heures, Anna l'avertit qu'elle a en ligne Licia Birolli. Il se donne une grande baffe sur le front, il n'a pas pensé une seconde au thème de son intervention. Et maintenant qu'est-ce qu'il lui raconte ?

– Écoutez, Anna, transmettez-lui mes excuses et dites-lui que je suis occupé. Si elle veut bien me faire la courtoisie de me rappeler d'ici un quart d'heure.

Il se concentre. Au bout d'un moment, il se rappelle que le ministre du Développement économique, dont le passé de manager d'État est un des plus discutés en raison de son goût pour les pots-de-vin, tend maintenant à une conception moralisatrice de son mandat, son dernier discours à la Confédération du patronat semblait plus un sermon évangélique qu'un rapport sur l'effondrement de l'industrie provoqué par la crise. Voilà, le suivre sur cette voie, ça ne serait pas mal. Il pourrait jeter sur le papier quelques lignes que Marsili, qui sait bien écrire, saurait développer avec un riche argumentaire.

– *Dottore*, Mlle Birolli.

– Passez-la-moi.

– Je peux monter ?

Mauro reste interdit.

– Mais où es-tu ?

– Je suis dans le coin. Si tu veux, je suis là dans dix minutes.

– Je t'attends.

Guido se réveille, il est onze heures. Marisa dort à son côté. Il se lève, va dans la salle de bain, prend une douche, se rhabille, prépare le café à la cuisine, en boit une tasse et apporte l'autre à Marisa.

– Réveille-toi.

Marisa ouvre un œil, hébétée.

– Bois ton café, prends une douche, rhabille-toi et retrouve-moi dans le bureau, il faut que je te parle.

Il laisse le téléphone encore débranché.

– Tu as mauvaise mine, dit Licia.

– Je n'ai pas dormi.

– Trop de pensées ?

– Une seule.

– Et une seule pensée suffit à…

– Il faut voir de quelle pensée il s'agit.

– Je peux le savoir ?

– Oui. Toi.

Elle rejette la tête en arrière et rit. Mauro a envie de lui mordre le cou, comme Dracula.

– Parlons de choses sérieuses. Tu as préparé ton petit devoir ? s'enquiert-elle.

– Oui.

– Donc, ce n'est pas vrai que tu as été occupé à ne penser qu'à moi.

– Le devoir, je l'ai fait à l'aube, après une nuit d'insomnie.

Licia sort son Smartphone.

– Titre ?

– « Responsabilité sociale et éthique de l'entreprise. »

Elle lève les yeux et le regarde.

– Je dois rire ?

– Nullement, dit Mauro, glacial.

– Deux lignes sur le contenu.

– C'est un manque d'éthique qui a déterminé la crise. Il faut donc une nouvelle vision qui mette l'éthique sinon au-dessus, au moins à égalité avec le profit. Et cela dans tous les secteurs : de l'économie à l'industrie. Ça te suffit ?

– Je dirais que oui.

Elle rempoche son appareil.

– La présence de Guglielmotti n'était pas prévue, dit-elle.

Guglielmotti est le ministre du Développement économique.

– Mais je dirai à Luigi de l'inviter. Tes paroles lui iront certainement droit au cœur, à M. le ministre.

Elle se lève.

– Tu t'en vas déjà ?

– Je dois y aller.

– On pourrait déjeuner ensemble.

– Merci, mais je suis prise. De toute façon, on se voit après-demain soir, non ?

– Bien sûr, dit Mauro en se levant lui aussi. Je te raccompagne.

– Ne te dérange pas.

Elle esquisse un baiser et sort.

– C'est à trois heures de voiture, nous pouvons déjeuner en route.

– Mais tu as du chauffage là-bas ?

– Bien sûr que oui. Il y a l'eau chaude et le

congélateur est toujours plein. Il ne manque rien. On se fait une espèce de lune de miel. Qu'est-ce que t'en dis ?

Aux mots « lune de miel », la mine renfrognée de Marisa cède instantanément la place à un sourire béat.

– D'accord.

– Maintenant, je t'appelle un taxi, tu vas à la pension, tu prends ce dont tu as besoin, n'oublie pas un gros pull, et tu reviens ici. On part tout de suite.

– Et jusqu'à quand on y reste ?

– On peut rentrer mardi soir.

Lundi matin, il appellera le bureau pour dire qu'il a un peu de fièvre. L'essentiel est de retirer Marisa de la circulation pendant quelques jours. Il est certain qu'à Fiè, il arrivera à la convaincre de retourner auprès de Mauro.

Dans la voiture, Guido allume son portable. Cinq appels en absence. Tous d'Anna, la secrétaire de Mauro.

Un instant, il est tenté de lui répondre pour savoir ce qui se passe. Ça doit être une question de travail. Mauro ne mettrait jamais en rapport son absence avec celle de Marisa.

Puis il décide que ce n'est pas une bonne idée. Si Mauro lui dit qu'il doit lui parler d'urgence en personne, il va être contraint de revenir en laissant tomber l'escapade à Fiè. Il éteint de nouveau son portable. Marisa dort, la nuque sur l'appuie-tête, bouche entrouverte. Guido en profite pour baisser le chauffage. On étouffe.

Anna rentre chez elle, dépose dans le coffre la mallette qu'elle emporte chaque jour après la fermeture des bureaux pour la reprendre le lendemain matin. À l'intérieur, il y a l'agenda de son chef, un disque dur contenant les dossiers cryptés et une chemise avec la correspondance très confidentielle.

C'est le *dottor* De Blasi qui a voulu qu'on procède ainsi, depuis que des voleurs sont entrés dans les bureaux et ont forcé le coffre-fort. Cette fois, ils cherchaient seulement de l'argent et ils ont dû se contenter de peu.

Mais le *dottore* s'est demandé : si, au lieu de banals voleurs, il s'était agi d'espions industriels ? Et donc, par précaution, il a décidé que la secrétaire emporterait chez elle, pour la nuit, les papiers importants.

De la cuisine lui parvient une bonne petite odeur. Et de fait, le voilà, son Marco, en train de farfouiller devant la cuisinière, arborant un joli tablier.

Dès qu'il la voit, il court à sa rencontre, écarte les bras, l'agrippe, la soulève, la repose à terre, l'embrasse.

— Comment c'était ? lui demande-t-il.

— Ton baiser ? Goûteux.

— Et ce n'est rien à côté de ce que je t'ai préparé ! Viens !

Il soulève un couvercle.

— Sens-moi ça !

– Mais comment as-tu appris ? demande-t-elle, admirative.

– Je ne te l'ai pas dit ? Dans ma jeunesse, pendant quelques années, j'ai fait le marmiton. Assieds-toi. Je vais te servir.

Il faisait déjà noir quand ils sont arrivés au chalet. Marisa s'est refusée à consommer un casse-croûte rapide dans un restoroute. Elle a exigé un déjeuner complet, évidemment infect. Et tout de suite, à peine arrivés, les emmerdes ont commencé. Marisa, dès qu'elle a posé un pied à l'intérieur, a frissonné et a couru au-dehors en gémissant et en s'entourant le buste de ses bras.

– Mais où tu vas comme ça ?

– Il fait trop froid.

Elle monte dans la voiture, met le chauffage en route. Guido la rejoint, lui fait signe de baisser la glace. Elle obéit à contrecœur.

– Tu m'expliques ce que tu comptes faire ? Tu veux passer la nuit dans la voiture ?

– Il fait froid, là-dedans.

– Mais je viens juste d'allumer, Marisa !

– Quand il y aura une température correcte à l'intérieur, tu viendras me chercher.

Il va falloir au moins trois quarts d'heure. Guido en profite pour faire aussi un feu dans la cheminée. Puis il va ouvrir le réfrigérateur. Il est plein, ils peuvent résister à un siège d'une semaine. Il sort deux biftecks du congélateur, les met à décongeler. Il allume la télévision. Prend une bouteille de whisky, en remplit un demi-verre, le lui apporte.

– Réconforte-toi avec ça.

– Tu sais bien qu'il ne m'en faut pas beaucoup pour me soûler.

– Eh ben, soûle-toi ! T'as pas de comptes à rendre !

Il rentre. S'affaire à nettoyer et à ranger. Ça fait un moment qu'il n'y venait pas, dans son chalet. Depuis qu'il a quitté une poétesse mexicaine qui…

Tout à coup, il entend Marisa qui hurle :

– Au secours ! Au secours !

Il court au-dehors, effrayé. Marisa, de la fenêtre à demi baissée, hurle :

– Au secours ! Il y a un loup !

Il regarde autour de lui. Tu parles d'un loup ! C'est un pauvre chien errant qui a senti une présence humaine et s'est approché. Mais qui, maintenant, s'éloigne à toute vitesse, terrifié par les hurlements de Marisa.

– Viens à l'intérieur, va !

– Et s'il m'attaque ?

– Allez, ne fais pas l'idiote.

Marisa va s'asseoir devant la cheminée en faisant la gueule et elle reste là, dans le manteau qu'elle n'a pas l'intention de retirer.

– Tu veux encore une goutte de whisky ?

Si elle se soûle, elle sera peut-être plus commode.

– Pourquoi pas ?

Quand il a dressé la table et que les biftecks sont bien cuits, il l'appelle sans obtenir de réponse. Il va la voir. Elle s'est endormie. Celle-là, elle ne sait que baiser et dormir. Il la réveille en la secouant par une épaule.

68

– C'est prêt !

– Je veux dormir, porte-moi dans le lit !

– Mange d'abord quelque chose.

Elle se laisse convaincre. Et il doit quasiment lui donner la becquée et la soutenir, parce qu'à chaque instant elle risque de glisser de sa chaise. Ensuite, il la charge sur son dos et l'emmène enfin dans le lit. Il la déshabille, la glisse sous la couette, déjà lassé de ce bout de vie commune. Plus tôt il réussira à la renvoyer à son mari, mieux ce sera.

Puis il va s'asseoir devant la télé. Tombe sur un film de gangsters et décide de se le voir, il adore ces histoires avec plein de fusillades.

Juste avant le dénouement, Marisa l'appelle, d'une voix plaintive, empâtée de sommeil et de whisky.

– Guido, t'es où ?

Mauro a passé la première moitié de la nuit à rédiger une esquisse de son intervention. Quand il s'est senti fatigué, il a pris un puissant somnifère et est allé dormir. Il est réveillé par de légers coups frappés à la porte.

– Entrez.

C'est Stella, la bonne. Elle a le sans-fil à la main.

– M. Bastianelli au téléphone. Il dit que c'est urgent.

– Mais quelle heure est-il ?

– Midi.

– Donnez-moi ça et apportez-moi un café… Allô, Bastianelli ?

– *Dottore*, excusez-moi de vous déranger mais j'ai jugé opportun… J'ai du neuf.

Bastianelli sait vraiment y faire.

– Je vous écoute.

– Donc, votre femme s'est installée à la pension Roseto, au 21 via Sardegna.

– Bravo ! Mais comment avez-vous fait en si peu de temps ?

– *Dottore*, j'ai encore de bons amis.

– J'y vais tout de suite.

– Non, *dottore*, vous savez, elle n'y est pas en ce moment.

– Mais vous venez juste de me dire…

– Elle est descendue là, sa voiture n'a pas bougé. Mais j'ai appris auprès de la patronne qu'elle est arrivée vendredi après-midi, puis a appelé un taxi et a passé la nuit dehors, est revenue hier en fin de matinée, a pris quelque chose dans les bagages qu'elle n'a pas encore défaits et qu'elle est repartie de nouveau.

– Elle a passé une autre nuit dehors ?

– Oui, *dottore*.

Donc, la chose est sûre : elle a un autre homme, la salope.

– Elle n'est pas encore rentrée ?

– Pas encore, *dottore*.

Il ne sait pas quoi faire d'autre que s'en remettre à l'expérience de Bastianelli.

– Qu'est-ce que vous proposez ?

– De mettre quelqu'un de garde devant la pension qui puisse vous informer dès que…

Faire appel à un autre employé de la société ? Non, il n'en est pas question. La nouvelle se répandrait sûrement.

– Je ne veux personne de nos employés.

– Je suis d'accord avec vous.

– Et alors ?

– Il y aurait un de mes neveux qui serait disponible, un garçon très fiable…

– Très bien.

S'il s'agit d'une lune de miel, Marisa a voulu goûter diverses variétés de miel, cette nuit-là. Tartiné sur du Hikmet, du García Lorca et du Prévert. Guido se lève peu après midi, elle est dans un coma profond, la matinée est splendide, il décide de ne pas la réveiller et, très vite, il est prêt à sortir.

Il prend un mince volume de vers qu'il n'a pas encore lu et qu'il a emmené avec lui. Puis il le laisse, il ne veut pas se distraire de la tâche qu'il s'est fixée : résoudre au mieux le problème Marisa sans se mettre lui-même dans la merde jusqu'au cou.

Quand il revient d'une longue promenade, il est déjà deux heures et il a une faim de loup. Il s'attendait à trouver Marisa encore au lit, mais il l'entend s'agiter dans la salle de bain.

– Bonjour, je suis rentré.

– J'arrive tout de suite.

Son « tout de suite » signifie une bonne demi-heure.

En fait, Guido a eu le temps de préparer la table, de mettre à bouillir l'eau des spaghettis, de réchauffer la sauce, de décongeler le pain et un plat au poulet.

– Me voilà !

5

Elle est rayonnante, souriante, vitale et harmonieuse, enveloppée dans la sortie de bain blanche de Guido. Sur son visage, il n'y a pas trace de fatigue ou d'inquiétude. Comme un moineau auquel il suffit de secouer les ailes pour se retrouver complètement sec après une violente averse.

« Elle est complètement inconsciente », pense Guido.

Il l'observe tandis qu'elle mange, mâche longuement et avale lentement avant de se lécher les lèvres avec une sorte de volupté, les yeux mi-clos. Elle est avide de nourriture comme de sexe. Et il continue à la désirer, bien qu'en cet instant, elle lui inspire un très léger dégoût. Il décide donc de renvoyer à l'après-midi l'exécution du plan qu'il a élaboré pendant sa promenade.

Qui consiste pour l'essentiel à la faire boire abondamment, jusqu'à lui retirer toute volonté de résistance, et ensuite à la contraindre d'appeler Mauro pour le rassurer en lui disant qu'elle rentrera à la maison dans quelques jours.

Naturellement, il se tiendra à son côté, de manière

à interrompre le coup de fil au cas où elle dirait ce qu'il ne faut pas.

– C'est tout ? demande Marisa en éloignant son assiette vide. J'ai encore un peu faim.

– D'ici peu tu auras le deuxième service, ne t'inquiète pas.

Dès qu'elle a fini, Marisa se lève, ôte la sortie de bain qu'elle laisse tomber à terre, court se glisser sous la couette.

– Allez, viens, ne perds pas de temps, tu feras la vaisselle après.

Parce qu'il est sous-entendu que ce sera Guido qui va s'occuper de tout, elle n'a pas l'intention d'abîmer ses belles petites mains.

À quatre heures de l'après-midi, Mauro, qui n'a presque rien touché du déjeuner que lui a préparé la bonne, a fini d'écrire le plan de son intervention. Qui sait, peut-être Marsili va-t-il répondre au téléphone, maintenant. Il voudrait l'appeler parce que c'est peut-être le seul, parmi ses connaissances, capable de résoudre une énigme. Il s'agit de trois lignes écrites en capitales sur un bout de papier très serré qu'il a trouvé au fond d'un sac à main de Marisa. Ce sont sans aucun doute des vers.

Bon, allez, qu'est-ce que ça lui coûte d'essayer ?

Il fait le numéro de chez Marsili. Le téléphone sonne dans le vide. Alors il l'appelle sur le portable, qui cette fois est allumé.

Guido est en train de fumer une cigarette tandis que Marisa, à ses côtés, chantonne les yeux au plafond, une main jouant avec les poils de la poitrine de l'homme. Tout à coup, Guido sursaute, il tend l'oreille, blêmit. Mais c'est la sonnerie de son portable !

– Ça doit être le tien, dit en effet Marisa.

Il voit rouge.

– Mais qui t'a permis de l'allumer ? hurle-t-il.

– Je te l'ai pas abîmé ! rétorque Marisa, furieuse. Et ne te permets pas de crier comme ça avec moi.

– À qui as-tu téléphoné ?

– À personne ! Et ne crie pas ! J'ai oublié le mien et sur le tien, il y avait des jeux…

La sonnerie vient de la salle de bain. Il se précipite, prend l'appareil dans sa main, c'est Mauro qui l'appelle. Répondre ou pas ?

Mieux vaut répondre, de toute façon Mauro n'a aucun soupçon à son sujet.

– Allô ?

– C'est Mauro. Je te dérange ?

– Mais non, allons ! C'est que j'étais…

– Je te prends juste une seconde. Et puis de cette histoire, on reparlera en tête à tête demain.

– Je t'écoute.

– *Corps de peau, de mousse, de lait avide et ferme.*

Ah, les vases de ta poitrine ! Ah, les yeux de l'absence !

Ah, les roses du pubis ! Ah, ta voix lente et triste !

Et puis :

– Tu as entendu ? Réfléchis-y. À demain.

Et il coupe. Guido reste pétrifié, incapable de bouger un muscle, nu le portable encore collé à l'oreille. Une statue de glace. Des vagues de res-

74

sac dans le cerveau. Puis tout se liquéfie dans la peur. Une peur abjecte qui le fait trembler et avoir des sueurs froides. Il voudrait se réduire aux proportions d'une blatte pour ramper jusque dans la cuvette des toilettes. Putain, mais comment il a fait, Mauro, pour comprendre si vite que sa crétine de femme le trompe avec lui ? Ces trois vers de Neruda remontent à la première fois où ils ont été ensemble.

Marisa les a tant aimés qu'elle a voulu qu'il les lui écrive. Il l'a fait sur l'addition que venait de lui amener le garçon.

– À quoi ça te servira ?

– Je veux les apprendre par cœur pour ne jamais oublier ces trois heures passées avec toi.

– Très bien, mais après détruis-les.

Évidemment, elle ne l'a pas fait. Et Mauro les a trouvés et est remonté jusqu'à lui grâce à son écriture. Et dire qu'il avait pris soin de n'utiliser ni mails ni SMS justement pour ne pas laisser de traces – et voilà que... cette idiote... Mais il se souvient vaguement de l'avoir écrit en capitales parce que Marisa se plaignait de ne pas comprendre son écriture. En tout cas, il n'y a pas une minute à perdre. L'avertissement en style mafieux a été très clair. Peut-être qu'à cette heure, Bastianelli, le sicaire personnel de Mauro, est déjà en route pour le chalet avec sur le siège du passager un fusil chargé de chevrotines, de celles qui servent à tuer les sangliers.

Mais pourquoi cette conne n'a pas détruit le billet comme il le lui avait ordonné ?

– Sors, je dois faire pipi.

La voix de Marisa dans son dos. En se retournant brusquement, il ne peut se retenir, la peur maintenant s'est muée en rage aveugle, il lui balance une baffe si forte que Marisa va s'encastrer dans la cabine de douche, puis s'effondre en glissant le long de la paroi, évanouie.

Il sort, ferme la porte à clé. Pour l'instant, il ne veut plus qu'elle lui casse les couilles.

Il ramasse à toute vitesse les vêtements de Marisa, rouvre la porte de la salle de bain.

Elle est en train d'essayer de se relever.

Il la rejette au sol d'un impitoyable coup de pied dans le ventre, lui balance sur la tête ses vêtements.

– Rhabille-toi tout de suite, imbécile !

Il éteint le chauffage, ouvre les fenêtres et la porte d'entrée. Remet frénétiquement tout en ordre. En une demi-heure, le chalet redevient propre et glacé, il est comme si personne ne l'avait fréquenté depuis des mois. Guido s'habille de pied en cap. Fourre les robes de Marisa dans son sac. Sort, met les bagages dans la voiture, rentre, ouvre la porte de la salle de bain. Marisa est habillée, elle est assise sur le bidet et pleure en silence. Dès qu'elle le voit entrer, elle se protège le visage de l'avant-bras, elle a peur qu'il la frappe encore. Pour ne pas la décevoir, il lui donne un coup de poing dans le flanc. Marisa se plie en deux en gémissant de douleur, les yeux écarquillés de terreur.

– Lève-toi et monte dans la voiture.

Marisa obéit sans mot dire, tremblante de peur.

Elle marche en crabe. Il ferme la porte du chalet, monte en voiture, part.

Aux premières maisons du village, il s'arrête, prend sur le siège arrière le sac de Marisa, le lui pose sur les genoux. Puis il sort son portefeuille, prend quelques billets de vingt euros et les lui tend. Elle, machinalement, les prend.

– Ça te suffira pour le bus et le train. Rentre chez ton mari et ne lui parle pas de moi, sinon je te tue. Tu as compris ?

Elle fait oui avec la tête.

– Maintenant, descends.

Dès qu'elle est sortie de la voiture, il repart sur les chapeaux de roues.

Il doit arriver en ville avant le dîner. Sans elle, concentré uniquement sur la conduite, sa colère s'affaiblit jusqu'à laisser une ouverture pour la raison. À part le fait que les vers écrits en capitales ne permettent pas d'identifier l'auteur, son retour en ville dans un laps de temps si réduit lui donnera un alibi crédible.

Guido ouvre la porte de chez lui quelques minutes à peine avant vingt heures. Tout fonctionne bien. Espérons que ça continue comme ça.

Il ingurgite un demi-verre de whisky pour se donner du courage, puis il appelle Mauro. Il doit essayer de comprendre la situation au ton de sa voix. Deviner si Mauro a des certitudes ou des doutes. Et il doit être prêt à saisir les nuances de son discours, parce que Mauro a une habileté diabolique pour prononcer des phrases qui peuvent avoir un sens et son contraire.

– Salut, Mauro.

– Salut, Guido. Qu'est-ce qu'il y a ?

– Rien de particulier, mais comme je suis chez moi sans rien faire, je me suis employé à résoudre ce petit rébus de trois vers.

Il lui semble avoir utilisé le ton adéquat, raisonnablement désinvolte.

– Ah oui ? Bravo. De qui sont-ils ?

– De Pablo Neruda. C'est un poète très connu, je dirais très très connu.

Il n'y a pas que lui qui le connaisse, Neruda ! Ces vers, n'importe qui pourrait les lui avoir transcrits à sa Marisa.

– J'en ai entendu parler, dit Mauro.

Maintenant vient la question cruciale.

– Mais pourquoi toi aussi tu t'intéresses à la poésie, maintenant ?

– Je les ai lus et ça a titillé ma curiosité, vu que le nom de l'auteur n'était pas écrit.

– Si ça te plaît, je peux te prêter le livre.

– Non, merci.

Putain, il n'arrive à rien ! Mais insister sur ce sujet pourrait être très dangereux. Mieux vaut s'en tenir là et réfléchir.

– Alors, salut. On se v…

– Attends, dit Mauro.

Guido se bloque, les nerfs tout de suite tendus.

– Tu es libre ?

Qu'est-ce que ça veut dire ?

– Tu veux dire, ce soir ? Ben, oui.

– Tu pourrais venir dîner chez moi ? Après, je voudrais te parler d'un truc.

– Très bien. J'arrive.

Il ne songe sûrement pas à le tuer en présence de la bonne. Et surtout, connaissant Marisa, il sait qu'elle n'ira jamais se présenter le soir même tabassée et en larmes à quémander la pitié de son mari. Non, il ne court aucun risque.

Trois quarts d'heure plus tard, Guido sonne à l'interphone de la villa des De Blasi. Il a réussi à dégoter un fleuriste ouvert et a acheté un gros bouquet de roses. C'est Mauro qui vient lui ouvrir.

– C'est pour Marisa ?

– Oui.

– Malheureusement, aujourd'hui, elle a dû aller chez sa mère qui ne va pas très bien. Entre donc.

La bonne lui prend les roses et le manteau. Ils vont dans le bureau.

– Tu veux un apéritif ? Dans cinq minutes, c'est prêt.

– Je préfère pas.

Il a déjà bu un autre whisky avant de sortir de chez lui. Il vaut mieux rester lucide.

– Grande nouvelle, dit Mauro.

Guido retient son souffle.

– Je... je t'écoute.

– Ravazzi m'a invité à son prochain colloque.

Guido pousse un soupir de soulagement.

– Vraiment ? Ça oui, c'est une nouvelle.

– Qui sait ce qu'il a en tête.

– Tu as accepté ?

– Bien sûr. Il veut une communication de moi.

– Tu as pensé au thème sur lequel tu pourrais...

– Oui. J'ai même fait un plan détaillé. Je te serais très reconnaissant si on pouvait y travailler après dîner.

– Mais bien sûr ! On peut travailler jusqu'à l'aube si tu veux.

Il lui vient l'envie de chanter à tue-tête. Il est sauvé ! Mauro ne le soupçonne pas. S'il lui a posé la question sur ces trois vers, c'est parce que lui, dans la société, il est le seul à lire de la poésie.

Il est sept heures et demie et Anna est prête à sortir pour aller au bureau. Elle regarde par la fenêtre. C'est son anniversaire mais bien sûr, Giovanni, son fils, va encore l'oublier cette année. Il ne pleut pas, par chance, mais le ciel est sombre, plombé. Il lui vient l'envie de se déshabiller à nouveau et de se remettre au lit. Avant de connaître Marco, on peut dire que, chaque lundi matin, par tous les temps, elle courait reprendre le travail avec enthousiasme, presque avec un sentiment de libération. À travers son dévouement au travail, elle échappait, en quelque sorte, à sa solitude de fond et à la monotonie de sa vie privée. Mais tout a changé depuis qu'il a fait irruption dans son existence. Désormais rester loin de lui, ne fût-ce que pour un temps limité, représente un fardeau qui devient par moments intolérable. Maintenant, elle entre dans son bureau le matin et commence déjà à penser au nombre d'heures et de minutes qui lui reste avant de franchir de nouveau la porte de l'immeuble et de rentrer à la maison où il l'attend, bras ouverts, un sourire joyeux sur les lèvres.

Son inséparable mallette à la main, elle passe dans la chambre à coucher. Il dort. Elle le contemple, béate, avec la sensation d'une bouffée de chaleur qui lui envahit tout le corps. Elle se baisse, l'embrasse sur le front, sort. Ce matin, il n'y a pas de circulation, ou du moins, s'il y a le trafic habituel du lundi, ça roule bien. Dès qu'elle est dans son bureau, elle entame la série de gestes devenus presque automatiques. En premier, elle doit ouvrir la mallette et en tirer l'agenda qui doit être glissé dans le tiroir central de son bureau, toujours fermé à clé. Le disque dur avec les fichiers cryptés et la chemise qui contient les papiers très secrets sont déposés dans le coffre-fort dans le mur derrière elle.

À peine a-t-elle mis l'agenda dans le tiroir qu'elle s'arrête, interdite.

Il y a quelque chose qui ne va pas.

Pour prendre l'agenda, elle a dû extraire et poser sur la table le disque dur qui était posé dessus et puis la chemise, et c'est ça qui la rend perplexe. L'agenda est toujours le dernier objet qu'elle glisse dans la mallette. C'est au moins la deuxième fois qu'il lui semble tout trouver en désordre, mais ce doit être la présence de Marco qui la trouble.

Ça ne peut être qu'elle qui a disposé le contenu ainsi, va savoir pourquoi, samedi après-midi avant de quitter le bureau.

Peut-être est-ce la pensée que Marco l'attendait chez elle qui lui a fait perdre la conscience de ses gestes.

Avant de se séparer, à quatre heures du matin, Guido et Mauro se sont mis d'accord sur l'idée que Guido n'ira pas au bureau, qu'il restera chez lui pour commencer à transformer en communication en bonne et due forme l'ébauche de l'intervention de Mauro, à laquelle ils ont travaillé toute la nuit.

Ils ont convenu que ce jour est le seul où Guido pourra se consacrer à la mise au point du texte. En effet, le mardi matin, il va devoir annoncer officiellement la mise au chômage technique de cinq cents ouvriers et la fermeture de l'établissement de Nola.

Ça va déclencher un bordel inévitable, une révolte, des rencontres furieuses avec les syndicats, avec les journalistes, peut-être devra-t-il prendre l'avion pour Rome parce que Pennacchi, pour la forme, voudra des explications… Bref, il n'aura plus une minute à lui. Sauf que Guido, rentré chez lui et ouvrant seulement maintenant sa valise remplie à toute vitesse au chalet, vient de s'apercevoir qu'il y a glissé par erreur la petite – enfin pas si petite – boîte à bijoux de Marisa. Il l'ouvre et plonge dans la stupéfaction.

Mais il y a un véritable trésor, là-dedans !

Sa femme, il se l'entretient à la grande, Mauro ! En tout cas, il n'y a pas de temps à perdre, la boîte à bijoux doit être rendue tout de suite, avant qu'elle, pour la récupérer, ne combine d'autres conneries.

Mais à l'instant il ne peut pas, il ne se sent vraiment pas d'envoyer, exceptionnellement, un SMS à Marisa pour lui faire savoir que c'est lui qui a la boîte, elle est capable de lui tenir la jambe jusqu'à l'aube. Il a besoin de dormir. Il est épuisé. Il s'en occupera demain.

Entre Marisa qui l'a mis sur le flanc, le terrorisant coup de fil de Mauro, la peur, la tension, la folle course en voiture, la nuit de travail, il a dû perdre au moins deux kilos.

Plus il s'y efforce, moins il arrive à s'endormir. Peut-être convient-il de se repasser tout ça. Il commence à faire défiler les images de Marisa et lui, dans toutes les positions, comme un petit film porno. Puis il y a un arrêt sur image. Et il répète sur le bout des lèvres les vers de D'Annunzio que Marisa aime entendre prononcer dans ces occasions particulières :

Forme si douce qui t'arrondit
Où se creuse l'arc des reins
et, l'emportant dans ta copie sur tous les seins
dans ma main, qui te recherche, tu abondes...

Et ainsi, lentement, il glisse dans le sommeil.

Mauro est au bureau depuis une petite demi-heure quand Anna lui annonce que Bastianelli voudrait lui parler.

– Il est au téléphone ?

– Non, ici.

– Faites-le entrer.

Bastianelli entre, refermant soigneusement la porte.

Mauro le dévisage et comprend immédiatement qu'il y a de grandes nouvelles.

– Madame votre épouse vient juste de rentrer à la pension, dit de fait Bastianelli. Mon neveu vient juste de me l'apprendre.

– Seule ?

– Oui.

– J'y vais, dit Mauro en se levant.

Bastianelli l'arrête d'un geste.

– Excusez-moi d'intervenir. D'après moi, ce n'est pas une bonne idée. Pardonnez-moi, mais je vous le déconseille.

– Pourquoi ?

– Permettez-moi une question. Du moment que votre épouse est partie, elle ne s'est plus manifestée, n'est-ce pas ?

– En effet.

– Donc, cette rencontre serait la première entre vous deux depuis qu'elle est partie ?

– Oui, mais je ne comprends pas...

– Vous ne croyez pas, *dottore*, que cette rencontre pourrait, d'une manière ou d'une autre, je ne sais pas, dégénérer ? Que vous pourriez vous énerver ? Si, par exemple, durant cette mise au point, l'un de vous deux perdait son sang-froid, il en résulterait probablement une scène que, vous comprenez, *dottore*, dans une pension, pleine d'étrangers...

Il n'a pas tort du tout.

– Qu'est-ce que vous proposez ?

– Si vous êtes d'accord, j'y vais moi, la voir. Je me fais accompagner de mon neveu, qui du reste est déjà sur les lieux.

Mauro hésite.

– Pardon, mais à quel titre vous vous présenteriez à la pension ?

– Vous voulez dire auprès de votre épouse ou bien de la propriétaire ?

– De la propriétaire.

– Vous savez, *dottore*, moi j'ai encore ma carte de commissaire. Je m'en suis servi d'autres fois. Je prends madame votre épouse et je la ramène chez vous. Laissez-moi faire. Il n'y aura pas de discussion, tout se déroulera dans la plus grande discrétion, je peux vous le garantir.

– Et si, une fois à la maison, elle décide de nouveau de s'en aller ?

– J'y ai pensé, *dottore*. Mon neveu restera de garde devant la villa jusqu'à ce qu'elle soit de nouveau avec vous. Au cas où votre épouse tenterait de repartir, il la bloquerait ou nous avertirait en la filant.

– Si ça devait arriver, je préfère qu'il se contente de la filer.

Quand le réveil sonne à onze heures, Guido n'a pas envie de se lever, il sent qu'il n'a réussi qu'en partie à récupérer. Malheureusement, il n'a pas le choix, il doit y aller. Tandis qu'il gagne la salle de bain, il croise la bonne qui vient le matin des jours impairs.

– Vous allez bien, monsieur ?

– Oui, pourquoi ?

– Comme vous n'êtes pas allé au bureau...

– Aujourd'hui, je reste à la maison pour travailler.

– Je vous prépare le petit-déjeuner ?

– Oui, merci.

Tandis qu'il est sous la douche, il lui revient soudain en mémoire la boîte à bijoux de Marisa. Il l'avait oubliée. Il se dépêche de s'habiller, dès qu'il est sorti de la salle de bain, il va s'enfermer dans le bureau. Par chance, il se rappelle bien le nom de la pension, il le cherche sur l'annuaire, le trouve, compose le numéro. C'est une voix féminine qui répond.

– Allô ? Ici le docteur Melluso, le médecin de Mme De Blasi. Elle est rentrée ?

– Oui.

Tant mieux, la conne n'est pas morte gelée dans les montagnes. Elle en aurait été capable.

– Vous pouvez me la passer, s'il vous plaît ?

– Elle n'est pas là.

Il est abasourdi.

– Qu'est-ce que ça veut dire qu'elle n'est pas là ?

– Elle a quitté la pension.

Et où est-ce qu'elle a pu aller ? Oh mon Dieu, on parie que d'ici quelques minutes elle va débarquer chez lui avec armes et bagages ?

– Vous savez où elle est allée ?

– Je ne sais pas et, de toute façon, je n'ai pas le droit de fournir des renseignements…

– Je sais, mademoiselle, et je vous remercie de votre discrétion. Mais je suis le médecin personnel de Mme De Blasi et il est essentiel que je sache si elle a pris sa voiture…

– Oui.

Et si elle s'était tout à coup ravisée et qu'elle

était retournée chez elle ? Ça oui, ce serait une grande et bonne nouvelle.

– Elle est partie seule ou quelqu'un est venu la prendre ?

– Un commissaire.

Il sursaute.

– Pardon, je n'ai pas bien compris. Quel commissaire ?

– De police.

– Vous êtes sûre ?

– Mais bien sûr. Il m'a montré sa carte !

Le téléphone manque lui tomber des mains.

On l'a arrêtée ! Mais putain, qu'est-ce qu'elle a fabriqué encore ?

Celle-là, elle est capable de tout balancer, qu'il l'a convaincue d'aller au chalet, qu'il l'a frappée, qu'il l'a abandonnée dans un bled perdu dans la neige… Mais un instant… Bastianelli n'est pas un ex-commissaire ?… Oh, mon Dieu, on parie que c'est lui qui l'a retrouvée pour le compte de Mauro ?

Un petit-déjeuner, tu parles, c'est d'un whisky qu'il a besoin.

Marisa va le transformer en alcoolique.

6

Bastianelli réapparaît au bout de deux heures.

– Tout est réglé, *dottore*. Votre épouse est retournée à la maison.

– Elle a opposé de la résistance ?

– Aucune, *dottore*.

– Qu'est-ce que vous lui avez dit pour la convaincre ?

– Rien, *dottore*.

– Comment ça, rien ?

– Je lui ai seulement dit que je venais de votre part pour la ramener à la maison.

– Et elle n'a pas manifesté de surprise ?

– Un peu.

– Et puis ?

– Elle s'est tout de suite levée...

– Elle était couchée ?

– Pas exactement, elle était étendue sur le lit tout habillée.

Épuisée par les fatigues de l'amour, évidemment. Rien d'autre à dire. Heureusement que tout a été résolu vite fait.

– Bastianelli, je ne sais pas comment vous remercier et…

– *Dottore*, permettez-moi d'ajouter un mot.

– Je vous écoute.

– Elle est en mauvais état.

– Qu'est-ce qui est en mauvais état ?

– Votre femme. Elle est vraiment en mauvais état. Je crois que…

– Je vous écoute.

– Je crois qu'elle est, comment dire, entrée en collision.

– En voiture ?

– Je l'exclurais…

– Alors ?

– Si je peux me permettre… je ne voudrais pas que… en somme, mon opinion est que votre épouse a été frappée.

Elle se l'est bien choisi, son mac ! Maintenant, allez savoir pourquoi, la présence de Bastianelli l'embarrasse.

– Écoutez, Bastianelli, faites-moi savoir ce que je vous dois.

L'autre prend un air offensé.

– Mais *dottore*, qu'est-ce que vous…

– Je veux seulement parler de votre neveu. Il doit être récompensé pour l'excellent travail qu'il a fait.

Bastianelli n'hésite pas une seconde.

– Je crois que sa meilleure récompense sera de pouvoir vous rencontrer.

– Amenez-le quand vous voulez. Et encore merci pour tout.

Bastianelli esquisse une courbette et sort.

L'ex-flic a été très clair : qu'il commence à penser à comment placer son neveu. Mais pas de problème. Des gens de ce genre, c'est toujours bon de les avoir à portée de la main.

– Anna, appelez chez moi.

C'est la bonne qui répond.

– Ma femme ?

– Elle est dans sa chambre, *dottore*. Elle ne va pas très bien.

– Dites-lui, s'il vous plaît, que je serai à la maison dans une petite heure. Je souhaiterais déjeuner avec elle.

– Je transmettrai, *dottore*.

Marisa a parfaitement compris sa requête. La voilà assise à table, maquillée et coiffée. Mais le maquillage ne parvient pas à dissimuler le gonflement de la joue droite et un hématome bleuâtre juste sous l'œil.

Elle, quand il entre dans la salle à manger, ne lève pas la tête, continue à fixer l'assiette vide qu'elle a devant elle. Une écolière au coin.

Mauro s'approche d'elle, lui dépose un léger baiser sur le front, comme il a toujours fait, s'assied à sa place.

– Ma chérie, tu as pris rendez-vous chez le dentiste ?

Marisa le fixe, interdite, elle porte machinalement une main à sa joue enflée. Puis elle hoche la tête.

Elle a compris que Mauro souhaite qu'elle agisse comme si rien ne s'était passé. La preuve, maintenant, elle s'adresse à la bonne.

– Servez donc, Stella.

Elle doit même avoir du mal à parler, sa mâchoire doit lui faire un mal de chien.

Et Dieu sait où elle peut avoir mal, encore. Mauro ne croit pas que l'homme avec lequel elle a été se soit limité à lui infliger une violente baffe. Ce genre de personnages, quand ils s'y mettent, ils ne se contentent pas de peu.

– Je voulais t'avertir que ce soir, malheureusement, je dîne dehors. Je ne sais pas à quelle heure je rentrerai.

– Tu veux que je t'attende ?

– Si ça te fait plaisir…

Il vient juste de finir de se changer que la bonne, hésitante, lui dit qu'au téléphone il y a un monsieur qui désire lui parler mais qu'il n'a pas voulu dire son nom.

– Dites-lui que je ne suis pas là.

– Mais il a ajouté, je ne sais pas si j'ai bien compris…

– Allez-y, ne me faites pas perdre plus de temps.

– Qu'il est le grand-père de Licia.

Birolli !

– Je le prends dans mon bureau, merci.

– Je ne savais pas si tu avais du monde à déjeuner, dit Birolli. Et donc, j'ai pensé qu'il valait mieux ne pas dire mon nom.

– Tu as très bien fait. Dis-moi.

– Je crois que c'est le moment de conclure. Mais, avant, je voudrais en parler avec toi, en privé.

– Je suis d'accord. Où ?

– Au même endroit que les autres fois.

– Il va me falloir une heure pour arriver là. Ça te va ?

– Ça me va.

Il téléphone au bureau, dit au chauffeur de ne pas venir le prendre. Il utilisera sa voiture.

Birolli a une petite villa isolée à la campagne, en Brianza. C'est là qu'ils se sont rencontrés plusieurs fois, à l'abri des yeux indiscrets.

Marisa, à plat ventre sur le lit, pleure, submergée par la violence d'une multiplicité de sentiments élémentaires qui vont de la haine féroce pour Guido à un impétueux regain d'amour pour Mauro.

Durant toutes ces années de mariage il ne lui était jamais venu à l'esprit qu'un homme pourrait la rendre amoureuse au point de se sentir contrainte d'abandonner son mari.

Oh seigneur, en vérité il y a bien eu quelques autres hommes. Mais toujours des liaisons sans importance, passagères : des petits caprices, des hommes avec qui après avoir fait l'amour, une fois la curiosité réciproque satisfaite, c'était à un de ces jours, on reste amis bien sûr.

Par l'autre porc dont elle ne prononcera jamais plus le nom, elle le jure, elle s'est laissé bouleverser comme une crétine.

Elle a été ensorcelée par ses paroles, par sa voix, par sa manière de dire des poésies qui la touchaient non pas au cœur, mais dans le ventre, et plus bas encore, et la soulevaient tout entière.

Il s'est bien débrouillé, le salopard, il n'y a pas

à dire, pour cacher le piège, pour lui faire croire au masque qui est tombé au chalet.

Et seulement parce qu'elle s'est permis de jouer avec son portable.

Ça doit être un dangereux fou furieux.

Mauro, au contraire, quelle bonté !

Comme il brille, confronté à la méchanceté de ce monstre ! L'abandonner dans un bled de trois maisons en montagne que Dieu seul sait ce qu'elle a dû ramer pour rentrer en ville !

Mauro ne lui a pas adressé un reproche, n'a pas élevé la voix, l'a mise immédiatement à son aise, maîtresse chez elle, comme pour dire que pour lui cette parenthèse était définitivement refermée.

Elle le récompensera, pour ça.

Elle lui sera toujours fidèle, prête à répondre à ses moindres besoins, à chacun de ses désirs.

Et cette nuit, elle attendra, éveillée, son retour à la maison.

Anna est désespérée, elle ne sait pas où trouver son chef. À son domicile, il n'y est pas, et son portable est éteint. Le sous-secrétaire Pennacchi a déjà appelé trois fois de Rome. Deux fois, on a appelé du Patronat italien.

Mais où est-il allé se fourrer ce brave monsieur ?

Peut-être le *dottor* Marsili en aura-t-il une idée. Elle l'appelle chez lui, mais il répond qu'il n'en a pas la moindre.

Enfin Mauro arrive, peu avant six heures.

– *Dottore*, on a téléphoné de…

– Venez avec moi, coupe Mauro.

Elle se lève, le suit dans son bureau en refermant la porte. Les téléphones sur la table d'Anna sonnent sans arrêt.

– Laissez-les sonner.

Il tire de sa poche des pages pliées en quatre, les lui tend.

– Anna, ce document est extrêmement confidentiel. Mettez-le dans la chemise avec les autres. Mais faites-le quand vous êtes sûre qu'il n'y a personne qui vous voit. Je ne voudrais pas éveiller des curiosités. Qui a appelé ?

– Le député Pennacchi, trois fois, il a besoin de vous parler d'extrême urgence, et deux fois le Patronat.

– Et qu'est-ce que vous avez dit ?

– Que vous n'étiez pas au bureau.

– Pour l'instant, ne répondez à aucun coup de fil. Allez ranger le document, si c'est possible, et juste après revenez ici avec l'agenda.

Anna sort, quelques minutes plus tard elle est devant le bureau de Mauro.

– Écrivez sur l'agenda qu'aujourd'hui, de 16h30 à 18h, j'étais chez le dentiste. C'est fait ? Oui ? Maintenant, appelez-moi le *dottor* Marsili. Quand j'ai fini avec lui, cherchez-moi Pennacchi.

– Allô, Guido ?

– Salut, Mauro.

– Tu en es où ?

– Écoute, je crois que j'arriverai à finir cette nuit. Demain matin, à neuf heures, je compte te faire trouver la communication sur ton bureau.

– Merci. Et si, après, je devais te demander quelques modifications ?

– Tu sais mieux que moi que demain matin ça va être le bazar. On pourrait se voir dans la soirée, si tu veux.

– Viens dîner chez nous.

– D'accord.

Dans l'espoir que cette conne de Marisa sache comment se comporter. Et peut-être qu'il réussira à lui dire d'être tranquille, que c'est lui qui a la boîte à bijoux.

L'appartement de Licia, en plein centre, au dernier étage d'un immeuble qui pourrait presque être classé monument historique, est vaste, clair et possède même une large terrasse. Le décor a été pris en charge par un bon professionnel, le mobilier est élégant et moderne, mais sans ces excès de design qui font que les malheureux visiteurs ne comprennent pas s'ils s'assoient sur un siège, un cactus ou une sculpture abstraite. Aux murs sont accrochés de grands tableaux, si on peut les appeler ainsi : des toiles déchirées ou des lambeaux cramés. Mauro n'a jamais rien vu de beau dans ces soi-disant œuvres d'art, mais il paraît qu'elles valent une fortune. Chez lui, il a une marine d'un certain Carrà qui semble peinte par un enfant de dix ans et un tableau qui représente quelques affreuses vieilles bouteilles, d'un certain Morandi. Il a dû les acheter parce que l'architecte d'intérieur le voulait, mais il vaut mieux qu'il ne pense pas au prix qu'il a payé.

Licia l'accueille habillée très simplement, jupe

et chemisier, un brin de maquillage, ses longs cheveux blonds ramassés sur la nuque.

Elle est d'une beauté embarrassante.

– Tu veux un blanc ou un prosecco ?

– Un prosecco, merci.

Tandis qu'ils boivent le mousseux sec, Licia saisit l'occasion pour le fixer un instant au plus profond des yeux. Sans une trace de sourire, avec une très légère ride lui creusant le front. Un instant extrêmement intense.

La soirée se présente bien, pense Mauro.

– Journée difficile ? demande-t-elle.

– En ce moment, tout est difficile.

– Eh oui, fait Licia. À partir de demain, mes journées vont être très prenantes.

– Pourquoi ?

– En fin de matinée, je pars pour Ischia. Il faut que j'aille vérifier que tout est prêt pour le colloque.

– J'aime beaucoup l'idée que je pourrai te voir tous les jours là-bas.

– Ne te fais pas d'illusions, en réalité, au final, tu me verras très peu, tu n'as pas idée de tout ce que j'aurai à faire.

– Mais le soir…

– Le soir, il faudra préparer le boulot du lendemain.

– Tu vas travailler aussi la nuit ?

Elle sourit, ne répond pas, finit de boire. Et puis :

– Excuse-moi, il faut que je retourne à la cuisine.

Mauro reste seul, feuillette un exemplaire de *Vogue* mais peu après, il entend sa voix à elle qui l'appelle :

– Mauro, tu m'aides à tout porter à table ?

Bien ! La bonne n'est pas là ! Ça signifie que Licia a voulu qu'ils soient seuls.

Il n'y a que deux possibilités. Ou bien la boîte à bijoux a été oubliée dans le chalet ou bien c'est le salopard qui l'a prise. Dans ce second cas, soit c'est une erreur, soit il veut s'en servir comme moyen de chantage. D'une merde comme lui, on peut s'attendre à tout. Mais il y a un problème, et plutôt gros. Tout ce que contient la boîte à bijoux, c'est Mauro qui le lui a offert. Et lui, de temps en temps, quand ils se préparent pour se rendre à une soirée qui lui tient à cœur, il veut que Marisa porte tel collier, telle parure. Il a une mémoire incroyable pour ce qui concerne les cadeaux précieux qu'il lui a faits.

Qu'est-ce qu'elle va lui raconter dans les prochains jours s'ils doivent sortir ?

Il faut qu'elle récupère cette boîte au plus vite. Mais comment faire ?

Lui téléphoner, non, elle ne veut pas entendre sa voix. Il la dégoûte, il lui répugne.

Lui envoyer une lettre, hors de question. Elle décide de lui écrire un SMS. Ne serait-ce que pour tâter le terrain sur ses intentions.

« Je dois récupérer tout de suite une chose que tu as et qui m'appartient. »

Avant de l'envoyer, elle le relit. Ça tient. C'est assez général, elle peut vouloir récupérer un foulard ou un briquet. Elle l'envoie. Et peu après, reçoit la réponse :

« Invité dîner par Mauro chez vous demain. Je

l'amène. Espère trouver moyen de te le rendre. Efface tout de suite ce message. »

Demain soir, elle arrivera à supporter la vue de cet être ignoble ?

Elle doit y arriver à tout prix, ce serait tragique si Mauro comprenait que l'homme avec lequel elle l'a trompé, c'est cette vermine.

– Mais tu ne crois pas que tu exagères ? demande Anna, émue.

Ce matin, vers dix heures, qui est l'heure où le beau ténébreux se réveille, elle n'a pas résisté à l'envie de l'appeler depuis le bureau.

Et elle a laissé échapper qu'aujourd'hui c'est son anniversaire.

– Tu as invité des amies à toi pour fêter ça ?
– Non.
– Pourquoi ?
– Parce qu'à un certain âge, il vaut mieux ne…
– Bien ! Comme ça, je vais t'avoir toute à moi !

Le résultat a été que, de retour à la maison, elle a trouvé des roses et des fleurs partout, une bague bon marché mais très élégante (« désolé, mais je racle les fonds de tiroir ») qui lui a fait couler des larmes de bonheur et un dîner somptueux.

Une bouteille de champagne a été vidée durant le repas sans qu'ils s'en aperçoivent. L'autre, il lui a proposé de la boire au lit. En ajoutant qu'il y en avait une troisième au réfrigérateur.

Il est plus qu'évident que Licia ressent une forte attraction pour lui et elle l'a laissé sentir à travers toute une série de petites choses, sourires, regards, petits rires complaisants, attentions.

Mauro l'a interrogée sur son travail, mais elle est restée évasive et réticente, non parce qu'elle jugeait le sujet inopportun, mais parce que, par moments, elle était comme perdue ailleurs, absorbée dans ses pensées.

Puis tous les deux se sont levés au même moment pour ramener à la cuisine les assiettes vides du premier plat, Mauro a été plus rapide mais Licia voulait absolument les prendre, elle. Les mains de Licia se sont donc posées sur ses mains à lui, il a résisté, le contact physique s'est prolongé, à un certain moment ils sont restés immobiles, à se regarder. Puis Licia s'est rendue, elle a laissé tomber lentement ses bras le long du corps et l'a suivi à la cuisine.

Mauro a eu la nette sensation que cette reddition ne concernait pas seulement le transport des assiettes.

– Tu peux m'expliquer une chose ? lui a-t-il demandé au moment du dessert.

– Vas-y.

– Pourquoi tu n'as pas demandé son aide à Ravazzi ?

– Pour quoi ?

– Pour l'entreprise de ton grand-père.

– Bah, tu sais, le vieux a tellement déconné que j'ai pensé qu'en lui donnant un coup de main, j'allais me retrouver ensuite en difficulté avec Ravazzi. Mais, tôt ou tard, je l'aiderai. Je suis gentille, moi, admet tranquillement Licia.

La Ciseaux avait donc raison !

– Et pourquoi tu ne l'as pas encore fait ?

– Très simple. Avant d'agir, je voulais savoir s'il était d'accord.

– Et lui ?

– Il n'a pas voulu.

– Pourquoi ?

– Pour deux raisons. La première était qu'il n'aimait pas que je me retrouve entre les deux.

– Explique-moi ça.

– Il m'a dit que si après ça ne se faisait pas, d'une manière ou d'une autre, aux yeux de Ravazzi, je me serais retrouvée compromise. Il s'inquiète de ma réputation, mon grand-père.

– Et toi ?

– Moi, je lui ai dit que pour gâcher mes rapports avec Ravazzi, il faudrait beaucoup plus que l'échec d'une négociation.

Message reçu. « Cher Mauro, je suis la maîtresse de Ravazzi. Sache te régler en conséquence. » Et au même moment Mauro a une illumination : c'est Licia qui l'a fait inviter au congrès.

– Et malgré ça il a insisté pour refuser ?

– Grand-père est têtu.

– Tu ne m'as pas encore dit la deuxième raison.

Licia sourit.

– Tu veux vraiment le savoir ?

– Bien sûr.

– Il a soutenu qu'il était sûr d'arriver avec toi à un accord avantageux pour lui, qu'il aurait été impossible de proposer à Ravazzi.

Seigneur Dieu ! Ce vieux n'a quand même pas

100

tout raconté à sa petite-fille ! Pour en savoir plus, Mauro feint de tomber des nues.

– Quel accord ?

Licia sourit à nouveau.

– Ne joue pas au plus malin avec moi.

– Mais comment tu peux penser que moi, avec toi, je me mette à faire…

Licia semble légèrement agacée.

– Mauro, avec moi, il vaut mieux que tu changes de registre. Je sais tout.

– Qu'est-ce que tu sais ?

– Bon, si tu veux. Grand-père, peu avant que tu arrives, est venu me trouver. Il m'a tout dit sur l'engagement privé, je dirais même très privé, ou mieux encore, très secret, que vous avez signé tous les deux.

Mauro pâlit.

Mais, putain, c'était un truc qui devait rester absolument entre eux deux. Si ça vient à se savoir, ils risquent la taule !

Non, ils ne la risquent pas, ils y finissent à coup sûr.

– Comme tu vois, ton sort est entre mes mains, dit Licia en souriant.

Mauro lui sourit à son tour. Il sait bien qu'il s'agit d'une menace pour rire parce que Licia ne pourra rien faire contre lui sans démolir aussi son pépé chéri.

– On va boire quelque chose de l'autre côté ? propose-t-elle en se levant.

Ils vont au salon.

– Qu'est-ce que tu prends ?

101

– Un whisky m'irait bien.

– J'en prends un aussi.

Quand elle s'assied sur le divan à côté de Mauro, elle se met si près qu'elle s'appuie sur lui de tout son corps.

Mauro tend alors un bras et lui serre la taille.

Elle renverse la tête en arrière.

Mauro s'incline pour l'embrasser.

Comme d'un commun accord, après ce premier baiser, tous deux posent leurs verres sur la table basse et recommencent, sans mot dire, à s'embrasser.

Ils ont fini aussi la deuxième bouteille.

Anna est ivre, défaite et heureuse.

– Maintenant, laisse-moi dormir. Demain matin, je dois aller au bureau, je ne peux pas faire la grasse matinée comme toi !

– Faisons comme ça. Je vais à la cuisine, je débouche la troisième bouteille et on se boit un dernier coup pour la route.

– Mais vraiment le dernier, alors !

– Promis.

Il revient avec deux coupes. Ils trinquent. Puis le beau ténébreux se remet au lit.

– Anna, je dois te dire une chose qui risque de te déplaire.

Elle a un coup au cœur.

– Qu'est-ce qu'il y a ?

Avant de répondre, il jette un coup d'œil à la Rolex dont il ne se sépare jamais, même quand il dort. Il est deux heures du matin.

– D'ici trois heures, on va passer me prendre.

– Tu pars ?

Plus qu'une question, ça a été un cri.

– Oui.

– Et combien de temps tu seras absent ?

– Une semaine.

– Où tu vas ?

– À Palerme.

Elle se sent mourir.

Elle n'arrive pas à rester loin de lui une demi-journée, alors une semaine !

– Je prends quelques jours de congé et je viens avec toi.

– Ne dis pas de bêtises !

Son ton est définitif. Anna, malgré tout le champagne qu'elle a bu, a la gorge sèche.

– Qu'est-ce que tu vas faire ?

– Le garde du corps. D'un bijoutier. On me paie très bien. Je l'ai fait d'autres fois.

Anna n'arrive plus à parler.

Cette dernière coupe a été le coup de grâce. Une somnolence irrésistible s'abat soudain sur elle. Elle n'arrive plus à garder les yeux ouverts.

À présent, elle s'abandonne, inerte. Marco, amoureusement, remonte le drap sur son sein nu.

7

— Viens avec moi.

Licia se lève, le prend par la main, le guide vers la chambre à coucher.

— Déshabille-moi, lui dit-elle. J'aime ça.

Tandis qu'il lui ôte son chemisier, elle se débarrasse de ses chaussures. La jupe n'est retenue que par une agrafe à la taille. Le vêtement tombe à ses pieds, elle l'enjambe.

Mauro s'arrête un instant pour la dévorer des yeux.

— Continue.

Tandis qu'il dégrafe le soutien-gorge, il la tient embrassée, ses lèvres à lui collées à ses lèvres à elle. Il s'écarte le peu qu'il faut pour que le soutien-gorge glisse et il recommence à la serrer, il veut sentir les pointes presser contre le tissu de sa veste.

Tenir une femme nue entre ses bras tandis qu'il est encore complètement vêtu lui a toujours procuré un plaisir intense.

Puis il s'agenouille devant elle et lui baisse la culotte. Il appuie les lèvres sur la bande blonde, se retient à grand-peine d'y plonger les dents.

Il se relève mais elle a couru au lit en riant, elle s'est étendue sur le dos, agite en l'air ses longues jambes comme si elle pédalait. Il les lui bloque en les tenant serrées contre sa poitrine et commence à lui retirer les bas en les enroulant. Quand il a fini, il retire sa veste, la laisse tomber à terre.

– Stop ! intime Licia. Maintenant, c'est mon tour.

Elle se relève devant lui, tend les mains pour lui défaire son nœud de cravate. Le parfum de sa peau est intense.

Puis, d'un coup, c'est le noir absolu.

Comme une épaisse couverture qui lui aurait été jetée dessus et l'aurait enveloppé tout entier.

– L'électricité a sauté ? demande-t-il, perplexe.

Il ne reçoit pas de réponse. Ou peut-être n'est-il pas en état de la recevoir.

Et, de nouveau, ce silence absurde, inconcevable.

Et dans l'obscurité, maintenant, apparaissent les lettres. Blanches, en italique.

Mais elles roulent, s'encastrent, se renversent, pâlissent, se désintègrent, se reconstituent, s'inversent, tentent en vain de former des mots.

Quand la vue lui revient, il découvre Licia rhabillée, très pâle, assise au pied du lit, qui le regarde. Lui aussi se retrouve assis, dans un fauteuil.

Combien de temps a passé ? Il n'arrive pas à le déterminer. Il veut se lever, mais retombe assis.

– Tu te sens mieux ? lui demande Licia.

Il n'a pas assez d'air dans les poumons pour lui répondre. Il doit respirer longuement, bouche ouverte.

– Oui, merci, c'est déjà passé.

– Ça t'est déjà arrivé d'autres fois ?

– Non.

Il ne convient pas que Licia soit au courant de ces fastidieuses et soudaines intermittences. Mais peut-être est-ce la bonne occasion pour comprendre comment il apparaît aux yeux des autres quand l'intermittence a lieu.

– Tu me racontes ce qui s'est passé ?

– Ben… moi j'étais occupée à défaire ton nœud de cravate quand tu t'es paralysé. Comme si on avait appuyé sur un interrupteur. Tu ne voyais et n'entendais rien. Alors que tu avais les yeux ouverts. Tu ne répondais pas à mes questions. C'était… comme si tu n'étais pas là, voilà. Tu m'as flanqué une de ces frousses !

– Excuse-moi. Ça a été une espèce d'évanouissement. J'ai trop tiré sur la corde ces derniers jours. Je suis tombé ?

– Tu as failli mais je t'ai soutenu et j'ai eu le temps de te mettre dans le fauteuil.

Elle marque une pause, reprend :

– Mais tu devrais te faire examiner. Il s'agit peut-être d'une très légère forme d'épilepsie.

Épilepsie ou pas, qu'est-ce qu'il a l'air con !

– Tu veux un peu d'eau ?

– Oui, merci.

Il la boit d'un trait. Et, cette fois, réussit à se mettre debout. Licia l'aide à renfiler sa veste.

– S'il te plaît, appelle-moi un taxi.

– Tu vas y arriver tout seul ?

– Je pense que oui.

– Tu veux que je te raccompagne avec ma voiture ?

– Non, merci. Je t'ai assez dérangée comme ça.

Licia l'accompagne à l'ascenseur et lui dit au revoir d'un baiser sur la joue, le regard encore perplexe.

Les quelques pas qu'il doit faire pour rejoindre le taxi et l'air frais de la nuit lui font un effet salutaire.

Au point qu'il se fait déposer à une centaine de mètres de la maison, il sent que marcher lui fera du bien. Et tandis qu'il se dirige vers chez lui, lui revient, soudain et violent, le désir de Licia. Un instant, il caresse l'idée folle de retourner chez elle.

Mais elle a dû avoir très peur, elle ne lui ouvrirait pas ou le renverrait chez lui. Il ne lui reste plus qu'à espérer que Licia, quand ils se retrouveront à Ischia, aura oublié son léger malaise.

Il entre chez lui, va directement à la salle de bain. Se déshabille, se met sous la douche. Laisse couler longuement l'eau froide sur son corps. Se sent revigoré. Et, dans le même temps, découvre que son désir augmente.

Il va dans la chambre à coucher, elle est plongée dans le noir.

– Je ne dors pas, je t'attendais, dit Marisa, accueillante.

Mauro ne dit rien, il sort en courant, il ne supporte pas la température équatoriale de cette pièce, il s'est senti partir, il retourne dans la salle de bain.

Le bas-ventre commence à lui faire mal.

– Tu t'es senti mal ?

Marisa s'est levée et l'a rejoint. Il se retourne pour la regarder.

Le renflement de la joue a beaucoup diminué. La marque sous l'œil aussi. Elle porte une chemise de nuit. Comment ça ?

Elle dort toujours sans rien sur elle. Tout à coup, il croit en avoir compris la raison.

– Enlève ta chemise !

Elle le regarde d'un air suppliant.

– Je préfèrerais pas…

– Enlève-la !

Elle, résignée, la retire, la laisse tomber à terre.

C'est exactement ce qu'il avait imaginé. Une tache bleuâtre, grosse, tout autour du nombril. Une autre sur le flanc gauche. Et puis, çà et là, une grande quantité d'hématomes.

Le désir devient insoutenable.

– Viens là.

Il la retourne, la contraint à se plier en avant, jusqu'à lui faire poser les mains sur le bord du jacuzzi.

Elle devine son intention.

– Non, je t'en prie, pas comme ça !

Mais il ne dit mot, collé contre elle, et lui appuie fort une main contre la bouche.

Le réveil sonne longtemps, avant de réussir à percer les couches plombées de l'inconscience pour atteindre la profondeur où gît Anna. Puis, enfin, elle bouge en étirant une jambe et, d'instinct, encore enveloppée dans les brumes du sommeil, elle tend un bras vers l'autre moitié du lit.

Elle le tend plus loin encore mais comme elle ne rencontre pas son corps, d'un bond, elle s'assied. Le mouvement brusque lui provoque une légère nausée. Elle s'aperçoit qu'elle a aussi un solide mal de crâne.

À ce moment seulement, elle se rappelle que son amour lui a dit qu'il partait, qu'il devait partir.

Elle pose un pied à terre pour descendre du lit, mais avec précaution, elle a un léger vertige, la veille au soir elle a trop bu, elle n'a pas l'habitude. Des frissons de froid la parcourent, de la tête aux pieds, et même après la douche chaude.

Son absence est déjà insupportable et il ne s'est passé que quelques heures. Comment va-t-elle combler ce vide durant une semaine entière ?

Tandis qu'elle y pense, ses doigts, presque indépendamment d'elle, bougent frénétiquement sur le portable.

– Bonjour ! Tu t'es bien réveillée ? répond Marco d'une voix joyeuse, dès la première sonnerie.

– Un peu de mal de tête.

– Eh, ma petite dame, ce sont les conséquences inévitables de vos excès !

Mon Dieu, quel bonheur de savoir qu'il existe ! Et qu'il l'aime ! Comme par enchantement, elle se sent bien à nouveau.

– Maintenant, je dois te laisser. Je conduis, c'est mon tour.

– Je peux te rappeler dans l'après-midi ?

– Bien sûr. Je t'embrasse fort.

– Moi aussi.

Peut-être y a-t-il moyen d'alléger la souffrance.

Avec un coup de fil le matin, un autre l'après-midi et un troisième avant de s'endormir, elle arrivera probablement à rendre son absence moins lourde.

Au bureau, elle vient à peine de vider la mallette et de fermer le coffre-fort quand apparaît devant elle le *dottor* Marsili.

Il a l'air très inquiet et tendu devant la matinée qui l'attend. Et il a bien raison, elle en a vu les premiers signes, et elle aussi a eu peur. C'est elle qui pose une question avant que le *dottor* Marsili ait le temps d'ouvrir la bouche.

– Vous pensez qu'ils vont venir nous occuper ?

– Allons !

Et juste après :

– Mauro est là ?

– Il n'est pas encore arrivé.

Il lui tend une enveloppe.

– Donnez-la-lui dès qu'il arrive.

Et il s'en va. Juste après, la ligne directe sonne. Sur l'écran apparaît la ligne du domicile du chef.

– Bonjour, *dottore*.

– Bonjour, Anna. Des nouvelles ?

– Oh mon Dieu, *dottore*, j'ai eu du mal à entrer.

– Pourquoi ?

– Ils ne me laissaient pas passer. Devant l'entrée, il y a une foule d'ouvriers qui hurlent, qui protestent… Ils m'ont bousculée, ils m'ont fait très peur.

Le bazar a commencé, comme c'était prévisible. Attendez qu'on sache que les mesures concernent non pas mille mais cinq cents unités et déjà la moitié des héroïques fureurs se calmeront d'un coup.

– Marsili vous a remis une enveloppe pour moi ?

– À l'instant.

– Envoyez-la-moi tout de suite chez moi par coursier.

– Vous ne venez pas au bureau ?

– Ce matin, certainement pas.

Il ne va pas s'emmerder à s'exposer aux insultes et aux gestes grossiers d'ouvriers en fureur. Et se faire filmer par les télés.

Que Guido se débrouille, c'est son boulot.

Quelques minutes après que Mauro a posé le combiné, le téléphone sonne.

C'est Licia.

Il s'y attendait, à ce coup de fil.

– Ta secrétaire m'a dit que ce matin tu restes à la maison. Tu n'as pas un nouveau malaise, j'espère ?

– Non, c'est gentil de t'inquiéter mais…

– Alors, tu n'as pas de problème pour Ischia ?

Donc, il ne s'agit pas de sollicitude affectueuse à son égard, elle l'a appelé pour savoir comment elle doit faire, si elle doit recourir à un autre bouche-trou ou pas.

– Pas du tout.

– Tant mieux. Moi, je suis sur le départ. Je m'en vais dans une heure.

Et après une minuscule pause :

– On se verra là-bas.

La minuscule pause a chargé d'un sens différent la phrase qu'elle a dite juste après.

Et alors, pour en avoir confirmation, il hasarde, allusif :

– Comme ça, on va pouvoir reprendre la discussion interrompue.

– Oui, dit Licia en riant.

Et elle conclut :

– Moi non plus, je n'aime pas faire les choses à moitié. Salut.

Bien, bien. Elle a été explicite. Certainement, à Ischia elle va réussir à trouver le moyen de se partager équitablement entre Ravazzi et lui.

Et tandis qu'il se réjouit encore de la promesse de Licia, une pensée soudaine le fige.

Et si ce putain de malaise devait le prendre de nouveau quand il va se retrouver avec elle ? Ou pire : si ça lui arrivait quand il est en train de lire sa communication devant une centaine de personnes ? Imaginez ça ! Il serait foutu ! Il s'imagine un dialogue :

– Tu le savais que De Blasi est très malade ?

– Allons donc !

– Pauvre vieux, c'est sûr que dans cet état...

– Il va devoir démissionner, il n'y a pas d'autre option.

Vous rigolez ? Il n'y a pas de temps à perdre. Il téléphone de nouveau chez Guidotti.

– Mon mari revient vendredi soir, lui rétorque la femme.

Trop tard.

– Madame, il me semble que, l'autre fois, vous m'aviez dit le nom d'un collègue de votre mari qui...

– Ah oui, le professeur Lachiesa. Si vous voulez ses numéros de téléphone et les adresses...

– Donnez-les-moi, merci.

– Quand vous l'appellerez, dites que c'est de la part d'Alessandro.

Le professeur Lachiesa n'est pas chez lui, essayer à la clinique. Le professeur Lachiesa n'est pas à la clinique, essayer le cabinet privé. Enfin, il tombe sur une secrétaire efficace.

– De la part du professeur Alessandro Guidotti, vous dites ? Le professeur est en consultation. Si vous me laissez votre numéro, je vous rappelle dès qu'il est libre.

Dix minutes plus tard, il a le professeur Lachiesa en ligne.

– Je vous écoute.

Mauro lui raconte succinctement ce qui lui est arrivé, l'obscurité avec la phrase écrite, la bulle de silence, l'obscurité silencieuse de nouveau avec les lettres tourbillonnantes.

– Je souhaiterais vous voir rapidement, dit le professeur, très courtois. Ne quittez pas.

Il doit s'entretenir avec la secrétaire pour trouver une heure libre. Puis il revient à lui :

– Ça vous va, demain, mercredi, à dix-sept heures ?

Ça lui va très bien.

Peu après, la bonne lui remet l'enveloppe que lui a envoyée Anna. Il se plonge dans la lecture.

Au bout d'une heure, il a fini. Dans les marges, il a signalé les passages qui ne vont pas ou qu'il faut mieux développer. Il décide de s'y mettre tout de suite, de toute façon il n'a rien d'autre à faire. Et puis, il en reparlera au dîner avec Marsili. Lequel, en tout cas, a fait un excellent travail.

Il se lève pour aller boire un verre d'eau. Croise la bonne en train de dresser la table.

— Madame est descendue ?

— Pas encore, *dottore*.

Qu'est-ce qu'elle a l'intention de faire ?

Après la reprise en main nocturne, qui a été un peu brutale, il l'admet, Marisa a quitté en larmes la salle de bain et quand il est allé se coucher, elle ne lui a même pas souhaité bonne nuit, lui tournant obstinément le dos. Elle joue les offensées pour le traitement qui lui a été réservé, la salope ?

Il monte. La chambre à coucher est plongée dans l'obscurité. Il s'approche de la fenêtre, l'ouvre en grand, pousse les volets d'un geste brusque. La lumière se déverse avec violence, avec une bouffée d'air piquant.

— Non ! crie Marisa en se couvrant avec le drap.

Il le lui arrache.

— Dans une demi-heure, tu dois être tout à fait présentable. Et si tu te risques à dire un mot de trop devant Stella, ou si tu ne gardes pas une attitude parfaitement naturelle, moi, je te le promets, je te bourre tellement de coups qu'en comparaison, les gnons de ton amant, ça te paraîtra des caresses !

Elle se bouche les oreilles pour ne pas l'entendre.

Peu avant le déjeuner, Guido Marsili l'appelle au téléphone.

— Comment ça s'est passé ? demande-t-il.

– Ça a été une matinée crevante, c'est peu de le dire.

– Les ouvriers sont toujours là ?

– Ceux qui manifestaient devant l'entrée ?

– Oui.

– J'ai appelé la Questure et la police est intervenue, elle les a virés sans ménagement. Mais la situation ne cesse de s'aggraver.

– C'est-à-dire ?

– Dans quelques établissements, les ouvriers sont réunis en assemblée permanente, dans d'autres, en revanche, ils sont descendus dans la rue et ont bloqué la circulation. À Nola, ils sont montés sur la cheminée de l'usine.

– Il fallait s'y attendre.

– Les types de la CGIL sont venus taper du poing sur la table.

– Et toi ?

– Je leur ai renvoyé la balle.

– C'est-à-dire ?

– J'ai répondu que je n'avais pas l'intention de négocier avec un seul syndicat. Que nous ferions une table ronde avec la participation de tout le monde, même des syndicats autonomes. Ça n'a pas été facile de les faire sortir du bureau.

– Excellent. Belle manœuvre. Entre eux, ils sont comme chiens et chats, ils vont mettre des jours rien que pour se mettre d'accord sur l'heure de la réunion.

– C'est justement là-dessus que je compte. Ou tout le monde, ou personne. Ensuite, naturellement, rien ne nous interdit de passer des accords séparés.

Il marque une pause.

— J'ai eu un coup de fil de Manuelli, le vieux.

— Qu'est-ce qu'il voulait ?

— Il voulait savoir où on en était. À la fin, il m'a demandé de te demander si sa présence ne serait pas utile à la table des négociations.

Mauro médite quelques instants.

— Pensons-y, de toute façon on a le temps. Mais ça ne serait pas mauvais. Peut-être que sa poussive rhétorique populiste pourrait nous être utile. Pour enfumer, lui, il peut être plus productif qu'un incendie.

— Tu l'as lue, la communication pour Ischia ?

— Oui, merci, c'est très bien. J'ai fait quelques remarques ici et là. Rien de très important. On en parlera ce soir au dîner.

— Encore un point. Au milieu de tout ce barouf, Birolli m'a appelé.

— Qu'est-ce qu'il t'a dit ?

— Que le conseil d'administration approuve tout, nous pouvons passer à la signature et au versement en quelques heures. J'ai l'impression qu'il est pressé, il chie de frousse.

Mais c'est Mauro qui est vraiment pressé. Guido ne peut pas le soupçonner.

8

M. le directeur général, juste après le déjeuner, a fait savoir que, cet après-midi non plus, il ne viendra pas au bureau. Anna a été déçue, l'absence de son chef signifie une forte diminution de travail et donc plus de temps libre pour s'abandonner à la mélancolie et penser à celui qui est loin.

Ce jour-là, elle peut sortir à cinq heures et demie, heure normale de la fin de la journée, qui n'est cependant presque jamais respectée vu que le chef, entre une chose et une autre, finit toujours par la retenir au bureau, certaines fois carrément une heure de plus.

Dès qu'elle a franchi la porte de l'immeuble, avant même d'aller chercher sa voiture, elle s'empresse de téléphoner à son amour, elle est au bord de la crise d'abstinence.

« Votre correspondant… »

La voix métallique s'est transformée en lame coupante qui la cueille en pleine poitrine. Est-ce qu'il ne lui avait pas promis, avant de partir, qu'il garderait son portable toujours allumé ?

Peut-être a-t-il dû suivre le bijoutier à une rencontre importante et a-t-il été contraint de l'éteindre.

Elle monte dans la voiture, arrive chez elle, range la mallette et s'assied sur une chaise dans l'entrée. Elle ne trouve pas le courage d'avancer dans l'appartement, trop vide et trop glacial pour elle.

Elle refait le numéro. La même voix métallique lui décoche un autre coup de poignard encore plus cruel.

Non, elle ne pourra pas aller dans la cuisine se préparer à dîner, désormais elle s'est habituée à la bonne petite odeur qui l'attendait à son arrivée, à être accueillie par lui à bras ouverts et embrassée et soulevée en l'air...

Mieux valait sortir de nouveau et aller acheter quelque chose chez un traiteur. Du reste, elle n'a pas faim.

Elle va se rafraîchir. Dans la salle de bain, elle s'aperçoit qu'il n'y a plus rien à lui. Mais de quoi s'étonne-t-elle ? Il est logique qu'il ait emporté sa brosse à dents et son rasoir.

Mais soudain elle se rend compte que Marco, chez elle, s'est toujours comporté comme s'il n'était que de passage, comme quelqu'un qui n'avait pas l'intention d'y rester longtemps. Oui, une chemise et les sous-vêtements de rechange, bien sûr, mais pas un costume ou une paire de chaussures, en plus de ceux qu'il portait. Et pourtant de temps en temps, le soir, elle l'avait retrouvé dans un costume différent de celui de la veille. Donc quelquefois, au cours de la journée, il faisait un saut chez lui pour se changer.

Son appartement de la via dei Giardini, elle le

connaît par ce qu'il lui en a dit, il le lui a minutieusement décrit. Et il lui a donné un double des clés.

– En cas de besoin…

Un besoin qui jusque-là ne s'est jamais présenté. Mais maintenant Anna ressent la nécessité impérieuse de s'y rendre, dans cet appartement, pour se trouver parmi ses affaires, pour sentir à nouveau son odeur dans un costume accroché à un portemanteau… Elle sort en courant, prend sa voiture. Arrive via dei Giardini à l'instant où le concierge est en train de fermer la porte de l'immeuble.

À ce moment précis, son portable sonne. C'est lui !

Elle se sent près de s'évanouir de bonheur. Heureusement qu'elle n'a pas eu le temps de descendre de la voiture, autrement elle serait tombée par terre. D'émotion, elle a du mal à parler.

– Seigneur Dieu, tu ne sais pas à quel point…

– Pardon, pardon, pardon !

– Mais pourquoi est-ce que tu ne répondais pas ?

– Le bijoutier m'a emmené à une réunion où…

Exactement ce qu'elle avait imaginé.

– Tu es chez toi ? lui demande-t-il.

Elle a honte de lui avouer qu'elle est via dei Giardini, qu'elle était sur le point de monter à son appartement, qu'elle s'y rendait par désespoir, pour remplir tant bien que mal son vide.

– Oui.

– Je te manque, à la cuisine ?

– Tu me manques partout.

– Mon amour, maintenant, je dois te laisser. Je t'appelle à onze heures pour te souhaiter bonne nuit.

D'un coup, la faim lui est revenue.

Guido va prendre la boîte à bijoux qu'il garde fermée à clé dans un tiroir de son bureau. Il doit l'envelopper d'un papier peu voyant, pas d'un papier cadeau qui attirerait l'attention, mais un papier banal pour paquet, parce que sinon Mauro reconnaîtrait tout de suite la boîte.

Il va dans la cuisine chercher du papier et un sac en plastique.

Mais il s'immobilise, parce qu'il pense que l'affaire est beaucoup plus compliquée qu'il ne l'aurait pensé. D'abord, la boîte est une espèce de coffret doublé de tissu rouge qui doit faire une vingtaine de centimètres de haut sur une trentaine de long. Un peu difficile à cacher.

Ensuite, si par hasard c'est Mauro qui vient lui ouvrir, il devra forcément poser le paquet sur la table de l'entrée sans lui donner aucune explication. Comme si c'était un objet à lui qu'il devrait reprendre avant de repartir. Et après ? Il dira à Marisa, dès qu'ils en auront l'occasion, d'aller le récupérer ? Et si Mauro, en le raccompagnant à la porte, se rappelle qu'il est arrivé avec un sac de plastique à la main qui n'est plus là ?

Non, comme ça, il risque de se fourrer dans un guêpier qui pourrait avoir de très graves conséquences. La meilleure solution est de garder encore la boîte et, avec un peu de chance, il réussira à parler avec Marisa pour se mettre d'accord sur la manière la plus sûre de la lui faire avoir.

De fait, comme il l'avait prévu, c'est Mauro qui vient lui ouvrir.

– Entre, très cher ami !

Il a bien fait de ne pas emporter le paquet.

À la place, il a un grand bouquet de roses à la main pour la maîtresse de maison. Laquelle arrive pour l'accueillir.

Un instant, Guido reste surpris. Elle est en grande forme, très élégante, très belle, très désirable, comme avant, plus peut-être.

Avec elle, on ne pouvait utiliser que des superlatifs.

Il s'attendait à la trouver au moins un peu marquée par les inévitables réactions de Mauro après son retour à la maison, mais non, rien : Mauro a dû lui pardonner, selon toute probabilité elle l'a convaincu qu'elle a quitté la maison non pas pour suivre un autre homme, mais pour réfléchir, comme du reste lui-même le lui avait suggéré.

Il pense que s'il réussissait à raccrocher les wagons, s'il réussissait à l'empêcher de faire des conneries, ça serait agréable de la ravoir encore un moment.

– C'est pour moi ? Merci !

Elle a réussi, habilement, à ne pas rencontrer son regard.

Ils gagnent le salon.

– Un apéritif ? propose Marisa.

Guido est vraiment fatigué, l'après-midi a été pire que la matinée, il veut rester le plus lucide possible.

– Non, je te remercie.

Mauro lui aussi refuse. La seule qui se boit un demi-verre de prosecco, c'est Marisa, elle en a grand besoin pour garder son calme.

Au milieu du dîner, la bonne entre pour dire à Mauro qu'au téléphone, dans son bureau, il y a le député Pennacchi.

Mauro se lève.

— Excusez-moi, mais je crois que ça risque de durer. Continuez donc.

Dès que Mauro est sorti de la pièce, Marisa, sans jamais lever les yeux sur Guido, lui demande du bout des lèvres :

— Tu l'as apportée ?

— Non.

— Pourquoi ?

— Ce n'est pas facile, essaie de comprendre. La boîte est très encombrante. Je ne pouvais pas la mettre dans ma poche !

— Mais tu m'avais dit...

— Oui, je te l'avais dit mais, au moment de le faire, j'ai vu que ce n'était pas possible.

— J'en ai besoin pour demain, dit-elle en élevant un peu la voix.

Celle-là, elle est capable de lui faire une crise hystérique dans un moment si peu opportun.

— Écoute, Marisa, comme ton mari part après-demain...

— Il part ?

Elle est vraiment surprise.

— Il ne te l'a pas encore dit ?

— Non.

Peut-être qu'ils se parlent peu. Ou qu'ils ne se parlent carrément pas. La déchirure de la fugue n'a pas encore dû être réparée.

– En tout cas, il va à Ischia, il va être absent trois jours. Dès qu'il sera parti, moi je te téléphonerai et toi tu viendras la prendre ou je te la laisserai là où tu me diras.

Une pause.

– Je veux profiter de l'occasion pour te présenter mes excuses… pour ce qui s'est passé au chalet.

Et au bout d'un moment :

– Je ne sais pas ce qui m'a pris. J'ai perdu la tête. Je n'avais jamais levé la main sur une femme. J'en ai honte, profondément.

Elle ne dit rien, les yeux toujours baissés sur l'assiette.

– Tu arriveras à me pardonner un jour ?

Pas de réponse.

– Parce que, moi, j'ai besoin de ton pardon.

Elle ne bouge pas un cil.

– Ce soir, à la seconde où je t'ai vue, j'ai ressenti un grand désir de te tenir de nouveau entre mes bras, de reprendre notre merveilleuse lune de miel interrompue…

Il va falloir qu'elle se la mérite, elle devra la payer très cher, la restitution de la boîte, ça, c'est sûr ! Et lui, il a envie, mais vraiment très très envie de tirer encore quelques coups avec elle.

– On pourrait faire la paix quand tu viendras chez moi, qu'est-ce que t'en dis ?

De toute façon, maintenant, il peut jouer sur du velours, Mauro est très loin de le soupçonner.

Il attaque, susurrant :

– *Corps de peau, de mousse, de lait avide et ferme.*

Ah, les vases de la poitrine !...

À ce moment, Mauro rentre.

– Pourquoi vous m'avez attendu ? Vous pouviez continuer !

– Qu'est-ce qu'il voulait, Pennacchi ?

– Me recommander la prudence. Après, je te dirai.

Marisa se lève. Elle est très pâle.

– Vous voudrez bien m'excuser... je ne me sens pas très bien.

– Qu'est-ce que tu as ? lui demande Mauro.

– Un peu de nausée.

– Va donc, ma chérie.

Guido se lève, exécute une demi-courbette.

Il exulte. Il a réussi à troubler Marisa ! Neruda a été un coup de maître ! La crétine a marché !

La bonne revient.

– Mlle Birolli au téléphone.

Qu'est-ce qu'elle peut bien vouloir ?

– Excuse-moi, Guido.

– Mais je t'en prie !

– Comment vas-tu ? lui demande-t-elle tout de suite.

– Mais, vraiment, tu t'inquiètes pour moi ? Quel amour tu es ! Tu m'as téléphoné pour ça ?

– Non. Tu as fini ton intervention ?

– Cette nuit, je fais les dernières retouches.

– Tu pourrais me l'envoyer par mail demain matin ?

– Bien sûr, mais je ne connais pas ton…

– Note-le.

Elle le lui dicte.

– Pourquoi en as-tu besoin ?

– J'en fais un bref résumé, à distribuer aux congressistes, en français, anglais, allemand.

– Tu l'auras demain matin.

– Quand est-ce que tu arrives ?

– Après-demain en fin de matinée. Pourquoi ? De toute façon, c'est vendredi après-midi que je dois prendre la parole, il me semble.

– Oui, mais ici ils se sont un peu emmêlé les pinceaux dans la répartition des hôtels.

– Ne me dis pas que je risque de ne pas dormir dans le tien !

– C'est ce que j'essaie d'éviter, dit-elle.

Et elle raccroche.

Tout marche comme sur des roulettes. Si elle se démène pour qu'ils soient dans le même hôtel, ça veut dire qu'elle a des intentions sérieuses.

Il retourne dans la salle à manger.

– Mlle Birolli veut la communication demain matin par mail.

– Demain, je dois être très tôt au bureau. Si tu veux, je peux la lui envoyer, dit Guido.

– Merci.

Et il lui tend la feuille avec l'adresse.

– Et si on regardait le journal télévisé ? propose Guido après un coup d'œil à sa montre.

Mauro acquiesce.

– Tu penses qu'ils vont parler de nous ?

– C'est probable.

Et, en effet, voilà qu'à un certain moment, le présentateur, en parlant des entreprises qui tombent comme des quilles, se met en liaison avec l'établissement de Nola. La caméra cadre les trois cons accrochés à la cheminée. Puis une femme qui pleure.

– Mon mari est là-haut. Il souffre du cœur et il n'a pas emporté les médicaments dont il a besoin.

Un ouvrier, avec une tête de repris de justice, vomit que les patrons ont envoyé l'argent à l'étranger, qu'ils veulent fermer l'établissement pour le transférer en Chine, que tous les autres ouvriers sont solidaires avec eux, qu'ils ne se résigneront pas si facilement à perdre leurs emplois.

– Téléphone tout de suite à Marozzi, dit Mauro. C'est le directeur de l'établissement de Nola.

– Qu'est-ce que je dois lui dire ?

– Que je le considèrerai comme personnellement responsable s'il ne fait pas arriver immédiatement les médicaments à cette tête de nœud de malade du cœur sur la cheminée. Dût-il les lui porter personnellement. Tu te rends compte, le bordel, s'il crève là-haut ?

Marisa est sous la douche, encore écumante de rage.

Elle a dû faire un effort terrible pour se contrôler, pour ne pas balancer son assiette dans la face de cet abominable être gluant.

Il est clair que, après tout ce qu'il lui a fait, et dont elle porte encore les traces, il s'imagine pouvoir la remettre dans son lit, docile et prête pour toutes ses cochonneries.

La boîte à bijoux, il l'a gardée pour la faire chanter, ça, c'est sûr.

Tu reveux le rang de perles ? Prends-la dans ta bouche. Tu reveux le collier ? Mets-toi en levrette.

Et comme ça, avec des variantes, à chaque nouvelle rencontre. Ah, si elle pouvait trouver un moyen de le baiser une fois pour toutes, ce répugnant individu !

À un certain moment, comme ils sont en train de revoir la communication, Guido dit qu'il vaudrait mieux qu'il aille prendre son ordinateur.

– Mais il est chez toi, non ?

– Non, je l'ai laissé dans ma voiture.

– Va le prendre. Je t'ouvre le portail.

Mauro profite de la pause pour aller se rafraîchir. Marisa, qui est à la fenêtre de la chambre à coucher, dans le noir, parce que son énervement et sa colère n'ont pas l'air de vouloir diminuer, au contraire, voit le rat gluant sortir de la porte d'entrée de la villa, franchir le portail, traverser la rue, ouvrir le coffre.

Donc, il ne s'en va pas.

Elle recule un peu pour ne pas être vue. En fait le rat revient vers la maison avec une mallette d'ordinateur.

Une pensée naît dans sa tête.

Une pensée qui mérite d'être prise en considération et qui commence à lui faire passer sa fureur.

Elle pourrait faire d'une pierre deux coups, comme on dit.

À onze heures pile, comme promis, Marco l'appelle.

Anna est déjà au lit. Une vague de bonheur la submerge au seul son de sa voix.

– Qu'est-ce que tu fais ? lui demande-t-elle.

– Je suis dans ma chambre d'hôtel. Ça a été une longue journée. Et demain ce sera encore pire. Alors, maintenant, je regarde un peu la télé en buvant un whisky et puis je vais au dodo. Et toi ?

– Moi, je suis déjà couchée. Je voulais lire un polar, mais je n'ai pas pu.

– Pourquoi ?

– Parce que je n'arrive pas à me concentrer. Je pense sans arrêt à toi.

– Moi aussi.

– Je ne crois pas que cette nuit je réussirai à fermer l'œil.

– Je te manque tant que ça ?

– Oui.

– On peut y remédier, dit-il.

– Et comment ?

– Il y a un moyen. Et tu vas voir qu'après, tu vas réussir à dormir.

– Apprends-le-moi.

– C'est facile. Lève-toi, va à la cuisine, ouvre le réfrigérateur, il doit y avoir encore du champagne, je l'ai bien rebouché. Bois le tout.

– Et après ?

– Qu'est-ce que tu as sur toi ?

– Ma chemise de nuit.

– Enlève-la et remets-toi au lit, mais pas sous les couvertures.

– Et après ?

– Attends mon appel.

Ça n'a pas été précisément comme faire l'amour avec lui mais, finalement, guidée par sa voix chaude et sagace, le succédané a amplement atteint son but.

– Maintenant, ferme les yeux et endors-toi. Bonne nuit.

– Bonne nuit, mon amour, répond Anna encore haletante.

Elle doit le provoquer. Pour que le plan qu'elle a dressé fonctionne, il faut qu'il se mette en fureur. Elle est certaine que cette nuit encore Mauro recommencera à la maltraiter, à l'humilier, à l'offenser. Et alors, il faut le pousser aux dernières extrémités. Quand Mauro entre dans la chambre à coucher, il trouve la lumière allumée et Marisa qui lit une revue en lui tournant le dos. Elle porte sa chemise de nuit mais elle l'a enroulée sur ses reins. C'est l'appât qui cache l'hameçon auquel il mordra.

Mais lui, avant, exige autre chose. Il se détend, couché sur le dos à côté d'elle.

– Tourne-toi.

Marisa laisse tomber à terre la revue, se retourne.

– Qu'est-ce que tu veux ?

– Tu ne le comprends pas ?

Elle le regarde. Avec stupeur, Mauro voit un sourire moqueur apparaître sur ses lèvres.

– Il faut t'exciter un peu pour que tu te mettes à fonctionner ? Tu as besoin d'un coup de main ?

Mauro est secoué. Il ne l'a jamais entendue parler comme ça. Elle a dû se descendre une bouteille, elle ne sait plus ce qu'elle raconte.

Elle s'est inclinée sur le sexe de l'homme, l'a pris entre les lèvres pendant un moment, l'a laissé, a relevé la tête toujours avec ce sourire narquois.

– Tu sais quoi ? L'autre, il n'était pas comme toi. L'autre, il n'avait pas besoin de…

L'autre !

Mauro bondit hors du lit comme une furie, en grognant il lui agrippe les cheveux et, en les tirant, la fait tomber à terre.

Et à terre elle reste, endolorie, même après que Mauro, s'étant soulagé jusqu'à la tabasser avec une violence bestiale, s'en est allé dormir dans la chambre d'amis.

Puis elle se lève, se rend dans la salle de bain, va mettre son visage sous l'eau froide, l'y garde longtemps. La douleur est lancinante.

Demain matin, elle sera un monstre pas regardable. Mais elle ne pleure pas.

Elle a obtenu ce qu'elle voulait.

Avant de se remettre au lit, elle met le réveil à sept heures et demie. À cette heure-là, Giancarlo doit se préparer à sortir.

Elle a quitté Giancarlo, avec qui elle était fiancée depuis deux ans, pour épouser Mauro. Mais Giancarlo, malgré tout, a continué à l'aimer, et le lui a répété à chacun de ses inévitables coups de fil mensuels. Il ne s'est pas marié parce qu'il n'a pas rencontré de femme qui puisse effacer son souvenir. Mais maintenant qu'il est installé comme commissaire principal adjoint dans la même ville, les coups de fil sont devenus hebdomadaires.

Il n'en peut plus de désir de la récupérer mais elle, quoique flattée et même habitée d'une certaine curiosité de voir s'il est toujours le même Giancarlo qui savait la porter au septième ciel avec un doigt, elle a réussi jusqu'alors à le faire rester à sa place.

9

Anna, revigorée par l'appel matinal de Marco, arrive en avance au bureau et a la surprise de voir que son chef l'a précédée. Il a le visage sombre, il ne doit pas avoir bien dormi.

– Ne me passez pas d'appels. J'attends le *dottor* Bastianelli.

Et, quand Bastianelli arrive, il lui répète :

– Je ne veux pas être dérangé.

– Vous avez des nouvelles sur ce qui se passe à Nola ? Moi, malheureusement, hier soir, j'ai vu le journal télévisé, attaque Mauro.

– Moi aussi, je l'ai vu, *dottore*. Mannucci, qui est le responsable local de la surveillance, m'a fait savoir que là-bas la situation est critique.

– Dans quel sens ?

– Les ouvriers pensent occuper l'usine.

– Je m'y attendais. Et la police, qu'est-ce qu'elle fait ?

– *Dottore*, la police fait ce qu'on lui dit de faire. Si on lui dit de ne pas aggraver la situation, parce que la politique gouvernementale est d'essayer de maintenir sur tout ça un couvercle de silence, la police reste sage.

– Comment il est, ce Mannucci ?

– Excellent élément. On peut compter sur lui.

– Dans tous les sens du terme ?

– Dans tous les sens du terme.

– Vous pourriez le contacter de manière très confidentielle ?

Bastianelli sourit.

– *Dottore*, de nos jours, le seul moyen sûr est de se voir en tête à tête dans un lieu à l'abri des écoutes.

– Vous pourriez le voir dans la journée ?

– Certainement. Qu'est-ce que je dois lui dire ?

– Vous l'avez entendu, que l'un des ouvriers sur la cheminée est malade du cœur et n'a pas emmené ses médicaments ?

– Je l'ai entendu.

– Vous avez compris pourquoi il ne les a pas emportés ?

– Sincèrement, non.

– Parce qu'il espère crever là-haut. Comme ça, la faute retombera sur nous.

– J'ai compris.

– Et ça, ça m'a donné une idée. On va rebondir là-dessus.

– Comment ?

Et Mauro le lui dit.

Quand Bastianelli est parti, Anna lui communique qu'elle a Birolli au téléphone.

– Je peux venir te voir ?

– Mais tu crois que c'est le moment ? Je t'ai dit

et répété qu'il n'est pas opportun que tu te fasses voir ici, pour l'instant.

– Je voulais seulement te dire que, hier soir, le conseil d'administration a approuvé toutes les conditions que vous avez posées. Dès cette nuit sont parties six cents lettres de licenciement. Maintenant, il s'agit de...

– Écoute, Birolli, mais tu les lis pas, les journaux ? Tu la regardes pas, la télévision ? Tu ne sais pas ce qui est en train de se passer chez nous ?

– Je sais, mais...

– On en parlera tranquillement lundi, quand je serai de retour d'Ischia.

– Ah oui, j'avais oublié que Ravazzi t'a invité. Embrasse Licia pour moi.

Je vais l'embrasser pour toi, tu peux en être sûr, et comment que je vais te l'embrasser, ta petite-fille !

– *Dottore*, il y a votre secrétaire au téléphone, dit Anka en se présentant à la porte du bureau.

Beppo soulève le combiné.

– Bonjour, Giuliana.

– Bonjour, *dottore*. Vous voulez que je passe vous prendre ?

– Ce matin, je ne vais pas au bureau.

– Vous ne vous sentez pas bien ?

– Je me sens très bien, merci.

Jamais de toute sa vie, il ne s'est senti aussi bien que durant ces dernières heures !

– Vous avez besoin de moi ?

Anka lui a demandé son après-midi.

– Dans la matinée, non. Mais si vous pouviez faire un saut vers quinze heures…

Comme ça, il pourra la mettre dans son lit et prendre ses aises.

– Certainement, *dottore*.

Il pose le combiné, caresse légèrement la première des huit feuilles qu'il a devant lui sur le bureau. Ce sont les copies de deux feuillets remplis, en petits caractères recto-verso, par le texte d'un accord.

Les tenir dans ses mains lui procure un plaisir physique largement supérieur à celui de caresser le corps de Giuliana. Ce salopard de De Blasi. Il veut voler une montagne de fric à son père. Et il pense qu'il mérite l'entreprise, juste parce qu'il a passé deux ridicules masters à Yale et qu'il sourit sur la couverture de *Communication et Entreprise*. Oh mon Dieu, quelle satisfaction elles apportent à Beppo, ces feuilles. Malheureusement, il va devoir s'en séparer. Et vite, même. Au-delà d'un certain délai, elles risquent de perdre toute valeur.

Il pousse un long soupir, prend en main le combiné, compose un numéro.

– Allô, papa ? C'est Beppo.

– Bonjour. Je t'écoute.

– Il faut absolument que je te voie. Je dois te parler.

– De quoi ?

– Je suis entré en possession d'un document qui…

– Et quel besoin de se voir ? Lis-le-moi.

– Papa, au téléphone, ce ne serait pas prudent.

– Tu es sûr que tu ne vas pas me faire perdre mon temps ?

– Papa, tu me remercieras.

– Bon, bon. Vendredi huit heures, chez moi. Et ne sois pas en retard, même d'une minute.

Guido Marsili entre dans le bureau de Mauro.

– J'ai envoyé l'e-mail à Licia Birolli... à part ça, tu sais quoi, il y a eu un miracle.

– Quoi ?

– Les syndicats se sont mis d'accord. Ils seront dans mon bureau vendredi après-midi. Toi, ton intervention à Ischia, c'est quand ?

– Vendredi, dix-huit heures.

– La rencontre, je l'ai à quinze heures. Donc, on peut se tenir en contact par téléphone. Je fais venir aussi le vieux Manuelli ?

– Je dirais que oui, décidément. Ah, à propos de vieux. Birolli m'a fait savoir que six cents lettres de licenciement sont déjà parties.

– Bien. Et nous, on intervient quand ?

– Tu ne le sais pas, que le 7e de cavalerie, trompette en tête, arrive seulement quand il ne reste plus aux Blancs qu'une balle à tirer sur les Peaux-Rouges ?

– Mais c'est ridicule ! s'exclame Giancarlo, qui s'est assis au bord du lit. Tu ne peux pas me parler avec le drap sur le visage, enlève-le !

– Je ne veux pas que tu me voies comme ça !

– Allez !

136

Il agrippe le drap, le tire vers le bas. Elle le laisse faire.

– Mon Dieu ! s'exclame Giancarlo, abasourdi, en bondissant sur ses pieds.

Puis il s'approche, saisit d'un geste décidé un bout de drap, la découvre toute. Marisa, qui avait prévu ce geste, s'est remise au lit après la douche avec un soutien-gorge d'une taille en dessous de la sienne et une hypothèse de culotte.

– Mon Dieu ! répète Giancarlo à la vue de ce corps martyrisé.

Et tout de suite après, résolu, dur, une ride creusant son front, les bras croisés sur la poitrine, selon sa pose habituelle des interrogatoires à la Questure :

– Et maintenant tu me racontes tout !

Marisa obéit, elle tente de s'asseoir mais elle n'y arrive pas, elle est vraiment endolorie, le moindre mouvement est une source de souffrance aiguë. Alors, il s'incline, la prend sous les aisselles et la soulève avec assurance et délicatesse, ses mains sont fortes comme toujours, l'âge ne lui a pas infligé cent grammes de graisse, il doit avoir encore ce corps de statue grecque qu'elle a tant aimé, il lui dispose des coussins dans le dos. Il se rassoit. Marisa ne fait pas le moindre geste pour se recouvrir du drap, de toute façon, avec Giancarlo, il n'est pas question de pudeur, pour lui elle est une terre explorée jusque dans ses régions les plus lointaines. Mais elle comprend, à l'intensité avec laquelle il la regarde, qu'il ne se lassera jamais de la reparcourir en long et en large, cette terre.

Avant de commencer à parler, elle jouit de ce

moment. Elle va se venger de Mauro, de la féroce déception qu'il lui a infligée. Elle s'était un moment bercée de l'illusion qu'il lui avait pardonné et sa gratitude avait tout de suite débordé comme un verre trop plein. En réalité, l'hypocrisie voulait que le jour, à des yeux étrangers, elle passe pour la maîtresse de maison, tandis que la nuit il la traitait en esclave, simple objet de ses plus bas instincts. Il a suffi de cette heure dans la salle de bain quand il l'a violée – parce que c'est bien de cela qu'il s'agit, inutile de jouer avec les mots, un viol brutal – pour que la vraie nature de Mauro se révèle, transformant la reconnaissance émue en haine profonde. La même haine qu'elle nourrit pour Guido. Elle va lui en faire voir, elle, des oscillations, non, comment dit-il, des intermittences du cœur !

– Alors ? dit Giancarlo, trépignant.

Et elle, au milieu des larmes, des gémissements et des soupirs, lui raconte que son mariage avec Mauro n'a été rien d'autre qu'une longue chaîne de désillusions au sommet desquelles, fatalement, a fini par arriver le désamour. Bien sûr, elle n'a manqué de rien mais combien de trahisons, combien d'humiliations, combien de couleuvres elle a dû supporter et avaler en silence ! Et puis en réalité, Mauro, les rares fois où il est là, il n'est jamais là. Dans le sens que même durant les moments de la plus grande intimité, il a la tête ailleurs, il pense à ses affaires, à ses entreprises, aux investissements. C'est ainsi qu'elle, après des années d'une solitude dorée toujours plus désolée, toujours plus sinistre, elle s'est laissé convaincre, par faiblesse, par fatigue, par ennui, par une détresse passagère, certes pas par amour, parce que l'amour vrai, c'est tout autre chose – et là, savante pause avec regard allusif à Giancarlo –, en somme, elle s'est laissé persuader par un autre homme, pour être précis le *dottor* Guido Marsili, adjoint de son mari, de quitter Mauro. Et elle s'est enfuie de chez elle, ce qu'elle ne cessera jamais de se reprocher, sans écrire à Mauro deux lignes d'explication, et ensemble ils sont allés passer un week-end à la montagne, dans un chalet appartenant à Guido. Là, au bout d'une journée, elle s'est rendu compte de l'énorme erreur qu'elle était en train de faire et elle a voulu rentrer chez elle.

Depuis lors, ça a été l'enfer. Mauro est passé de l'indifférence à la fureur, il est devenu comme fou de rage, elle s'est jetée à ses pieds en reconnaissant son erreur et en implorant sa pitié, mais il n'a pas manifesté le moindre signe de compréhension ni de bonté, au contraire, il n'a fait que la frapper brutalement toutes les nuits, jouissant de ses pleurs et de ses plaintes, un tortionnaire sadique, toujours assoiffé de vengeance, et il l'a contrainte à subir des choses horribles, ah, mon Giancarlo...

– Ton mari sait que l'homme avec lequel tu es allée est son adjoint ? lui demande Giancarlo.

Il l'a interrompue pour que Marisa n'entre pas dans le détail de ces choses horribles car il ne résisterait pas, il foncerait passer les menottes à ce porc de Mauro.

– Non. Et il ne s'en doute même pas.

– Tu dois le quitter, dit Giancarlo. Tu dois le

quitter tout de suite. Mais avant, tu portes plainte pour mauvais traitements.

Elle ne montre aucun signe de satisfaction, mais intérieurement elle se régale, elle a obtenu le premier résultat. Elle passe au deuxième acte.

– Il y a autre chose, dit-elle dans un filet de voix.

– Parle.

– L'infâme veut me ravoir.

– Quel infâme ? demande Giancarlo, qui n'a pas bien compris.

– Marsili. Il veut me reprendre. Et comme je me suis refusée, il m'a volé mes bijoux.

– C'était quand ?

– Hier soir, mon mari l'a invité à dîner et lui en a profité.

– Mais comment a-t-il fait ?

– Pendant qu'on dînait, Mauro a été appelé au téléphone. Marsili m'a demandé pardon et il est allé aux toilettes. En fait, il est monté dans la chambre, a pris la boîte à bijoux, est redescendu, l'a portée dans l'antichambre et a dû la cacher sous son manteau. Après, je suis allée me coucher et lui il est resté avec Mauro. À un moment, avec l'excuse d'aller prendre l'ordinateur dans sa voiture...

– Excuse-moi, mais comment tu fais pour le savoir ? Tu n'étais pas au lit ?

– Si, mais j'avais un peu d'insomnie et j'étais à la fenêtre. Je l'ai vu sortir avec la boîte à bijoux et revenir avec l'ordinateur.

– Donc, il a volé tes bijoux pour te faire chanter ?

– C'est plus que certain. Mon corps en échange des bijoux.

Giancarlo frémit, c'est une corde tendue, il ne peut plus rester assis, il marche en long et en large dans la chambre puis :

— Tu serais prête à le dénoncer pour vol ?

— Oui, dit-elle, décidée. Mais il vaut mieux attendre un ou deux jours.

— Pourquoi ?

— Parce que Mauro va partir en voyage et, dès qu'il sera parti, je m'en irai pour toujours de cette maison. Comme ça, j'éviterai ses terribles réactions. Cette fois, il serait capable de me tuer.

— Où penses-tu aller ?

— Je ne sais pas. Chez mes parents, je ne veux pas, nous ne nous entendons plus. Je trouverai bien un endroit.

En un éclair, Giancarlo prend une décision.

— Je t'envoie chez ma mère. Elle sera heureuse de te revoir. Elle est seule, la pauvrette, elle sera contente d'avoir de la compagnie. Et tiens, je t'y conduirai moi-même. On dit vendredi fin de matinée ?

— D'accord.

Mme Emma Ruvolito veuve Formiggi habite dans un minuscule bled du Teramano, dans les Abruzzes. Parfait pour échapper aux recherches de Mauro.

Giancarlo regarde sa montre.

— À quelle heure ton mari revient-il pour le déjeuner ?

— Pas avant treize heures.

— Va t'habiller pendant que j'avertis maman que vendredi nous serons chez elle.

— Pourquoi veux-tu que je m'habille ?

– Je t'accompagne aux Urgences. Je veux que tout ce que t'a fait ton mari soit constaté.

– Mais on ne va pas me faire perdre trop de temps aux Urgences ?

– Je les appelle, tu verras que tout va être fait rapidement et dans la plus grande discrétion. Après, je te raccompagne ici et tu me signes les deux plaintes, celle pour les mauvais traitements et celle pour le vol des bijoux. Je les communiquerai vendredi matin.

– Tu m'aides à me lever ?

Ah, quelle incomparable sensation d'avoir de nouveau Marisa entre ses bras !

Ah, que c'est bon de sentir à nouveau les bras forts de Giancarlo qui l'enserrent !

– Écoute, Giancarlo, je sais que je te demande trop...

– Trop ? Mais qu'est-ce que tu racontes ?

– Tu pourrais m'aider à m'habiller ? Je ne veux pas me faire voir de la bonne dans cet état...

Et ça, pour Giancarlo, c'est le coup de grâce.

– Où es-tu ?
– Ça dépend.
– Qu'est-ce que ça veut dire ?
– Ça dépend de qui me le demande.
– C'est moi qui te le demande.
– Alors, je suis à Bologne.
– Et pour les autres ?
– À Palerme.
– Et qu'est-ce que tu y fais ?
– Le garde du corps d'un bijoutier.

– Elle est bonne, celle-là. Tu continues à garder le contact ?

– Trois fois par jour. Je commence à en avoir plein le cul.

– Encore un peu de patience.

– Jusqu'à quand ?

– Je ne crois pas qu'on ira plus loin que samedi. Je te rappellerai, moi. Et toi, après, tu pourras disparaître pour toujours.

Mauro revient chez lui qu'il est presque deux heures. Il a parlé une heure au téléphone avec Pennacchi, très inquiet de la tournure que prennent les choses.

– Cette feuille de chou aux mains de la gauche qui s'appelle *Économie et Syndicat* a écrit que la fermeture de Nola est inexplicable, que s'il y avait un établissement sur lequel il fallait intervenir, éventuellement, c'était celui de Gallarate, et il a eu le courage d'insinuer que le choix a été fait sur ma suggestion ! Je ne sais pas si je ne vais pas les poursuivre en diffamation !

– Ce serait opportun ? demande Mauro, glacial.

Pennacchi corrige tout de suite le tir.

– Si je ne le fais pas, c'est pour ne pas alimenter, vraiment, toute cette marée de boue…

– Et madame ? demande Mauro à Stella, la bonne.

– Ce matin, elle s'est levée mais après elle a dû se remettre au lit. Elle s'excuse de ne pouvoir déjeuner avec vous.

Marisa est rentrée depuis une demi-heure, s'est

déshabillée et recouchée. Elle a préparé Stella comme il convient, avec l'aide de deux billets de cent euros.

Giancarlo, attentif comme toujours – mon Dieu, quel amour ! –, lui a aussi acheté une pommade antidouleur qu'elle s'est passée sur tout le corps en imaginant que c'étaient ses mains à lui qui le faisaient.

– Servez-moi tout de suite, dit Mauro.

Après le déjeuner, il va dans son bureau. Inutile de retourner au siège si, à cinq heures, il va devoir se rendre chez le professeur Lachiesa. Il veut apprendre par cœur la communication dont il a la copie. Ça ferait meilleur effet que de la lire.

À quatre heures, il reçoit un coup de fil de Bastianelli.

– Je suis en train de prendre l'avion pour revenir de Naples. Je vous trouve au bureau ?

– Non, je n'y serai pas.

– Je voulais vous dire que j'ai tout fait.

– Bravo. Ne m'en dites pas plus. C'est pour quand ?

– Comme nous avons convenu.

La visite, commencée peu après cinq heures, s'est achevée à sept heures passées. Lachiesa, après l'avoir tripoté pendant une heure, a voulu connaître toutes les maladies qu'il a eues, pratiquement depuis sa naissance, et en outre ce qu'il mange, s'il fume, s'il utilise des drogues, s'il boit, s'il exagère sur le sexe, s'il fait du sport.

Il a tout noté sur l'ordinateur. Puis il a haussé

les épaules et il a posé un regard interrogatif sur Mauro, comme pour se faire proposer le diagnostic par lui.

Enfin, l'oracle a parlé.

– À mon avis, vous devriez vous soumettre, le plus vite possible, à une visite chez un neurologue qui, j'en suis sûr, vous fera faire une IRM du cerveau.

Pour Mauro, c'est comme un coup de matraque.

– Du cerveau ?

– Ben, oui, même si je ne suis pas un spécialiste en la matière, notez bien.

– Mais de quoi s'agit-il, d'après vous ?

– Ben, ce sont peut-être de petites ischémies qui produisent les phénomènes que vous m'avez racontés. Mais c'est curieux, étant donné votre âge. Ces phénomènes sont assez fréquents à un âge avancé. Pardonnez-moi si j'insiste, mais il y a une certaine urgence.

– C'est grave ?

– Disons que les phénomènes peuvent commencer à se produire avec une fréquence plus grande si…

– J'ai compris. Le fait est que, demain matin, je dois partir.

– Quand rentrez-vous ?

– D'ici trois jours.

Le professeur grimace.

– Vous pourriez retarder le départ d'un jour ?

Il pourrait. Sa communication à Ischia est prévue pour vendredi après-midi.

– Je pourrais. Mais vous pensez qu'en un jour…

– Laissez-moi appeler le professeur Rotondi, qui

en plus d'être un as de la médecine est un de mes amis les plus chers.

La conclusion du coup de fil est que Rotondi l'attend le lendemain matin à sept heures à la clinique. Il passera en premier.

Si ça se trouve, il va réussir à tout résoudre en une matinée et à partir dans l'après-midi pour Ischia ?

Il rentre chez lui à près de vingt heures.

– Madame ?

– Elle s'est levée vers dix-neuf heures, a bu un bouillon et elle est retournée se coucher. Elle ne va pas bien encore.

– Écoutez, Stella, je ne voudrais pas déranger ma femme. Demain matin, je dois me lever tôt. Préparez-moi la chambre d'amis. Et servez-moi le dîner après le journal télévisé.

Les cons sont encore à prendre le frais sur la cheminée. Le malade du cœur a été approvisionné en médicaments. Très apprécié des commentateurs télé, le geste du directeur de l'établissement qui est monté jusque-là pour les lui remettre en personne. Guido Marsili lui avait ordonné de le faire, au cours d'un coup de fil impérieux.

– Mais je souffre du vertige ! avait répondu le directeur.

– J'en ai rien à cirer de vos vertiges. Si vous ne le faites pas, considérez-vous comme démissionné.

En tout cas, ce beau geste n'a pas réussi à désamorcer la tension parmi les types de Nola.

Ce qui apparaît plus qu'évident à écouter les déclarations pas vraiment rassurantes des ouvriers.

— Si nous n'avons pas de réponse d'ici quelques heures soit de la direction, soit du gouvernement, nous passerons à l'occupation de tous les établissements.

Qu'est-ce qu'on parie que vous occuperez que dalle, connards ?

Il éteint la télévision, va dans le bureau, appelle Anna chez elle.

— Un imprévu m'empêche de partir demain matin pour Ischia. J'y arriverai peut-être dans l'après-midi. En somme, faites en sorte qu'il me soit possible de prendre un vol pour Naples à n'importe quel moment entre demain après-midi et les premières heures de vendredi matin.

10

Il passe un autre coup de fil, à Guido cette fois.

– Comment ça s'est passé, cet après-midi ?

– Bah, rien de fondamental, mais j'aimerais te mettre au courant de deux ou trois trucs de vive voix. Si tu veux, je passe plus tard.

– Pourquoi ne viens-tu pas dîner ?

– Je ne voudrais pas déranger.

– Tu ne déranges personne, Marisa est couchée, elle ne va pas bien, on sera tous les deux. Je t'attends.

Il dit à Stella d'ajouter un couvert à table.

Ils ont parlé longtemps, après, surtout de la stratégie à adopter durant la réunion plénière de vendredi après-midi. Ils arrivent à la conclusion que Guido, vers la fin des négociations, devra démontrer une certaine bonne volonté et tenir compte des requêtes des syndicats, tout en maintenant la décision de fermer Nola.

Guido est visiblement fatigué, il regarde sa montre. Un peu plus de minuit.

– On regarde le journal télévisé de Rai3 et puis je rentre chez moi.

La première nouvelle concerne la réforme de la santé aux États-Unis voulue par Obama. La deuxième, le problème de la justice : sur la réduction des délais de prescription, le désaccord entre majorité et opposition est total.

À ce point, le présentateur réapparaît avec un feuillet en main.

– Selon une dépêche qui vient de tomber, une forte explosion vient d'avoir lieu dans l'usine Manuelli de Nola. Nous donnerons des détails supplémentaires au cours du journal.

– Putain ! fait Marsili, en pâlissant.

– Téléphone là-bas, ordonne Mauro. Essaie d'en savoir le plus possible.

Pendant que Guido, bouleversé, se lève, portable à l'oreille, Mauro félicite mentalement Bastianelli et Mannucci qui ont fait du bon travail, et vite.

Guido revient.

– C'est une bombe. Elle a été mise devant l'une des entrées, à l'arrière. Il y a un blessé. Léger, heureusement.

Quel risque ! Et pourtant il l'avait dit, à Bastianelli, de faire attention à ne pas se retrouver avec un mort. Mais, au fond, un blesser léger, c'est encore mieux…

– On sait qui c'est ?

– Un des gardiens de nuit.

Mauro prend une décision rapide. Il faut battre le fer pendant qu'il est chaud.

– Écoute, demain matin, convoque une conférence de presse chez nous. Disons à midi. Ça me semble opportun.

– Je suis tout à fait d'accord, dit Guido.

Et puis :

– Mais qu'est-ce qu'ils ont dans la tête, ceux-là ? Si ça commence comme ça, on va droit à l'affrontement social.

– C'est exactement ce que j'ai l'intention de dire à la conférence de presse. Que le gouvernement prenne acte de la situation. Dans certaines usines, les ouvriers ont séquestré les dirigeants, maintenant ils sont passés aux bombes. Qu'on y réfléchisse, au gouvernement. Si, maintenant, on permet que les usines soient occupées, nous autres industriels, nous ne pourrons que tirer les conclusions qui s'imposent : le gouvernement n'est absolument pas en mesure de faire face à ce dramatique développement de la crise.

– Ça me paraît un peu fort, observe Guido.

– Crois-moi, c'est comme ça qu'on les mène, en maniant le bâton et les pots-de-vin.

Guido vient à peine de prendre congé que le téléphone sonne. Il va répondre, il y a très peu de monde qui connaît son numéro.

C'est le vieux Manuelli.

– Beppo m'a réveillé pour me dire qu'on a mis une bombe à Nola. Il l'a entendu à la télé. Qu'est-ce que tu sais là-dessus ?

Mauro lui rapporte ce qu'il a appris.

– Tu l'as, le numéro de ce vigile blessé ?

– Non. Pourquoi tu le veux ?

– Je lui téléphone. Ça fait toujours son effet. Je vais me le faire donner par Marsili.

Mauro l'informe qu'il a convoqué une conférence de presse.

– Ne te mets pas en tête d'annoncer que tu as décidé de suspendre la rencontre de vendredi ! l'avertit Manuelli.

– Je n'y pense pas une seconde.

– J'ai décidé d'y aller moi aussi. Dommage que tu ne puisses pas y être. Je dirai que notre mot d'ordre est la raison contre la violence. Je dirai que Manuelli n'a jamais plié, même quand…

Suit un quart d'heure d'auto-éloge.

Avant d'aller dans la chambre d'amis, Mauro pense que s'amuser un peu avec Marisa ne serait pas une mauvaise idée, ça lui diminuerait la tension, il dormirait mieux. La chambre à coucher est dans le noir, la chaleur est infernale. Il allume la lumière sur la table de chevet, tousse exprès pour faire du bruit, il veut qu'elle commence à trembler en le sachant dans la pièce. Mais Marisa continue à dormir profondément, enveloppée dans le drap comme une momie.

Alors, pour commencer, il pose un genou sur le lit et s'apprête à agripper le drap et à le dérouler de toutes ses forces, de manière à la balancer violemment à terre.

Mais son regard tombe sur le réveil. Il est une heure passée et, à sept heures, il doit être chez Rotondi, le neurologue.

Il renonce à contrecœur. Éteint la lumière, s'en va.

Marisa pousse un soupir de soulagement. Elle

était plus que sûre que Mauro, cette nuit encore, s'amuserait à la torturer. Tellement sûre qu'elle en a parlé avec Giancarlo pendant qu'ils allaient aux Urgences.

– Si ça devait arriver, je me jetterais par la fenêtre, a-t-elle conclu.

Giancarlo, rembruni, a passé un coup de fil pour demander qu'on emmène à la Questure une chose dont elle n'a pas compris ce que c'était. Et ensuite, en la raccompagnant chez elle, il a tiré de sa poche une bombe spray poivre qui ressemble à un aérosol déodorant et la lui a remise.

– Attention, c'est terriblement urticant. S'il lève la main sur toi, asperge-lui le visage.

Mauro a bien fait, donc, de changer d'idée.

En sortant du lit, il constate aussitôt la nervosité qui l'a envahi. Le motif de son inquiétude a une origine précise, la visite médicale qui l'attend d'ici peu. Mais dès qu'il monte en voiture et démarre, il se sent mieux. Parce que c'est comme si temps et espace s'étaient accordés ce matin pour lui concéder avec bienveillance un canal préférentiel, en effet il ne tombe dans aucun embouteillage, ne subit aucun blocage aux feux rouges, trouve tout de suite à se garer, le professeur Rotondi le fait entrer directement dans son cabinet sans lui imposer l'antichambre.

Naturellement, avant de commencer à l'examiner, le professeur se fait raconter tout ce qu'a voulu savoir Lachiesa, mais Rotondi insiste beaucoup plus sur les trois épisodes d'« absence », comme il les appelle, il veut savoir à quelle distance l'un de l'autre ils ont eu lieu, en quelles occasions et à quelle heure, comment il s'est senti juste avant et juste après.

– Vous souffrez de migraines ?

– Très rarement.

– Vous avez le tournis ? Des vertiges ?

– Jamais.

Puis il lui fait faire une quantité de petits exercices qui lui semblent débiles, comme fermer les yeux, tendre les bras en avant et les faire converger jusqu'à ce que la pointe des index se touche ou, toujours les yeux fermés, marcher vers le mur devant lui bras écartés en suivant une ligne blanche tracée sur le sol. À neuf heures, il le fait accompagner par une infirmière au rez-de-chaussée pour une IRM du cerveau. Ils lui en font deux. La deuxième après lui avoir injecté un liquide dans le bras.

Une heure plus tard, il est de nouveau dans le cabinet, la même infirmière qui l'a raccompagné a posé deux radiographies sur le bureau du professeur.

Lequel, après les avoir longuement examinées, lui demande :

– Il me semble que Lachiesa m'a parlé du fait que vous deviez partir en voyage.

– Oui. Je pars dans l'après-midi.

Maintenant, il est sûr de pouvoir partir.

– Quand est-ce que vous pensez rentrer ?

– Dimanche soir au plus tard.

– Vous pourriez revenir me voir lundi à dix-sept heures ? Entre-temps, j'aurai pu étudier les résultats de l'IRM.

– Bien sûr.

Le professeur prend note du rendez-vous. Mauro se décide à poser la question qui le taraude.

– Vous pensez que ces absences vont se répéter ?

– Je dirais que oui.

– Et il n'y a rien qui puisse… Vous comprenez, demain après-midi, je dois parler en public et je ne voudrais pas…

Le professeur écarte les bras.

– Nous n'avons pas affaire à une migraine qu'on peut rendre supportable avec un antidouleur… Et, du reste, le traitement que je vous prescrirai lundi n'aura pas d'effet immédiat, vous comprenez…

Une horrible pensée traverse l'esprit de Mauro.

– J'ai une tumeur ?

– Mais non !

– Et alors ? Le professeur Lachiesa avait parlé de petites ischémies…

– Et, en substance, il ne s'est pas trompé. Je vous le dis en quelques mots, vous êtes un quadragénaire, mais vous avez le cerveau fatigué d'un octogénaire. Il faut en quelque sorte arrêter un vieillissement trop précoce. Tenez, à partir d'aujourd'hui commencez à prendre de la cardio-aspirine, je vous fais l'ordonnance. Ça fluidifie le sang, ça pourrait, je dis bien ça pourrait, augmenter les délais entre deux absences. Et demain, deux heures avant de tenir votre conférence, prenez dix gouttes de ce tranquillisant que je vous ai prescrit. Ça ne vous donnera aucune somnolence. Ah, une ultime recommandation. Évitez le plus possible de conduire.

– Pourquoi ?

– Vous comprenez, si une de ces absences vous arrivait pendant que vous roulez sur une autoroute…

– Professeur, pardonnez-moi, pourquoi est-ce que la première fois m'est apparue cette inscription sur la proximité de ma mort ?

Le professeur sourit.

– Aucune inscription n'est apparue. Il s'est agi peut-être de la projection d'un sentiment inconscient. C'est vous-même qui l'avez pensé en éprouvant ce malaise et vous avez cru le voir écrit. En fait, la troisième fois, les mots n'ont pas réussi à se former parce que, dans votre inconscient, vous saviez que vous n'alliez pas mourir.

Il arrive au bureau trois quarts d'heure avant la conférence de presse.

Anna l'informe de l'arrivée de télégrammes, d'e-mails, de messages de solidarité des institutions, des forces politiques, de collègues et des syndicats eux-mêmes. Elle a aussi préparé une revue de presse, seuls quelques journaux ont fait une édition extraordinaire pour parler de la bombe, en tout cas l'indignation est unanime.

– À quelle heure, le vol pour Naples ?

– À dix-huit heures.

– Ça ne va pas. Je dois partir à seize heures. À Naples, faites-moi avoir une de nos voitures à l'aéroport, je veux rendre visite au gardien blessé. Procurez-vous le nom de l'hôpital, avertissez-les de ma visite, qu'ils ne fassent pas d'histoire. Puis la voiture m'accompagnera à l'hélicoptère. Envoyez quelqu'un chez moi prendre ma valise, elle est prête.

Guido entre.

– La salle de réunion est pleine de journalistes. Il y a beaucoup de télévisions.

– Organisons-nous comme ça, dit Mauro : moi, je lis un bref communiqué, mais je n'ai pas l'intention de répondre aux questions des journalistes qui vont vouloir surtout savoir où on en est. Et tu en sais plus que moi.

– Très bien, je répondrai moi. Et toi, qu'est-ce que tu fais, tu y assistes ?

– Non, je vais manger un morceau et puis je pars d'ici pour Naples.

– Bonne chance pour Ischia.

– Merci.

Toutes les entreprises, grandes et petites, de notre secteur ont subi de graves contrecoups de la crise mondiale. Par rapport aux autres entreprises, la Manuelli a essayé de limiter les dégâts de toutes les manières. Mais, malheureusement, elle s'est heurtée à deux difficultés insurmontables, la lenteur des interventions gouvernementales d'une part et les restrictions de crédits, dont nous espérons qu'elles sont momentanées, d'autre part. Dans ces conditions, le groupe Manuelli a pris ces mesures indispensables et nécessaires à sa survie et, du reste, il n'aurait pu agir autrement. En tout cas, il a, dans un esprit de responsabilité, invité tous les syndicats à la table des négociations pour examiner en détail quelles améliorations et combien peuvent être apportées pour modifier les mesures déjà adoptées. Les travaux s'ouvriront demain, vendredi, en début d'après-midi. La Manuelli, en outre, est en train de contribuer activement au sauvetage d'Artenia et de ses ouvriers. Cependant nous ne pouvons pas ne pas relever et souligner le fait qu'à ces actes de responsabilité de la part de la Manuelli, on ait répondu hier soir par un geste qu'on ne peut qualifier autrement que de terroriste. Cela nous préoccupe beaucoup. Déjà, dans différentes usines, on a assisté à des actes d'intimidation tels que la séquestration de dirigeants, et hier soir on est passé à des actions plus violentes et sanguinaires.

C'est une escalade qui doit absolument être arrêtée. Si demain les usines, les établissements étaient occupés par la violence, le gouvernement resterait-il à regarder, comme il l'a fait jusqu'à maintenant, face à ce qu'on peut sans aucun doute appeler des séquestrations de personnes, délits au regard du code pénal ? C'est cet acquiescement, cette passivité qui, répétons-le, nous préoccupe avant tout.

Il a lu le communiqué d'une voix ferme. Dès qu'il a fini, une dizaine de mains de journalistes se lèvent.

– À vous tous, c'est maintenant le vice-directeur général qui va répondre, le *dottor* Guido Marsili, qui suit directement les développements de la situation et qui demain, en mon absence, représentera l'entreprise à la table des négociations.

Il salut l'assistance d'un signe de tête, sort de la salle de réunion.

Anna lui dit qu'elle s'est démenée tant qu'elle

a pu et qu'elle a fini par trouver une place sur le vol de 16h15. À l'arrivée à Naples, la voiture sera là pour le conduire à l'hôpital. Elle a aussi envoyé chercher la valise.

Il téléphone à Licia.

– Où es-tu ? lui demande-t-elle tout de suite.

– Je ne suis pas encore parti. J'ai dû tenir une conférence de presse. Tu as su, pour la bombe ?

– Oui. Alors, quand est-ce que tu viens ?

Elle est impatiente, la fillette.

– Tu as peur que je n'arrive pas à temps pour la communication ?

– Pas que pour ça, dit-elle, malicieuse.

– On est dans le même hôtel ?

– Oui, j'y suis arrivée.

– Je crois que je vais pouvoir être là ce soir, vers l'heure du dîner.

– Tu viens en hélicoptère ?

– Oui.

– Préviens-moi à temps, que j'envoie une voiture te prendre.

Marisa se lève tard, il est un peu plus de midi, elle sent son corps moins endolori, que ce soit sous l'effet de la pommade que lui a donnée Giancarlo ou parce que la pensée de la vengeance désormais proche l'absorbe au point de mettre sa douleur en sourdine. Il lui est même revenu un peu d'appétit.

Tandis qu'elle finit de déjeuner, Stella lui apprend que le chauffeur est venu prendre la valise du *dottore*.

Puis elle se lève et va téléphoner à Anna.

– Le *dottore* n'est pas au bureau. Il est allé déjeuner et après il part pour Naples à 16h15. Vous voulez que je lui transmette un message ?

– Non, merci, je vais l'appeler sur le portable.

C'est un appel qu'elle ne passera jamais, elle l'a dit seulement pour qu'Anna se tienne tranquille. En fait, elle appelle tout de suite Giancarlo.

– J'ai appris qu'il part pour Ischia dans deux heures.

– Bien. Ah, écoute, j'ai pensé à une chose. Je crois que ce serait très utile si cet après-midi, à l'heure que tu voudras, nous pouvions nous rencontrer pour mieux fixer les détails...

Il n'y a aucun détail à fixer. Giancarlo, c'est clair, a juste une très grande envie d'être avec elle.

– Très bien. Tu pourrais venir ici après dix-sept heures.

Son avion à peine atterri, Mauro appelle Guido. Celui-ci lui rapporte que la conférence de presse s'est très bien passée et que son dur communiqué a eu des effets immédiats.

– Lesquels ?

– La police maintient les ouvriers à distance de l'usine de Nola et elle a obligé les trois de la cheminée à descendre. En outre, tous nos établissements sont surveillés par les forces de l'ordre. S'ils veulent tenter l'occupation, qu'ils y aillent !

Le bureau des Relations extérieures de la Manuelli doit avoir discrètement averti la presse napolitaine et le journal télévisé régional.

Devant l'hôpital, Mauro est intercepté par trois

journalistes, il y a même un cameraman. Il répond à toutes les questions, dit qu'il considère comme un devoir la visite qu'il s'apprête à faire, qu'il approuve la réaction du gouvernement à ses propos, qu'il place beaucoup d'espoirs dans le tour de négociations qui s'ouvrira demain, que la Manuelli n'a jamais songé à déménager en Chine, qu'il assure fermement qu'il n'y aura pas davantage de licenciements ni de mises au chômage technique. Enfin, ils le laissent entrer.

Oh mon Dieu, comme il est tendre, Giancarlo ! Elle l'a reçu au lit, après s'être coiffée et maquillée. Maintenant son visage est à peu près présentable, mais il lui reste de vilaines marques sur le corps.

– Tu t'es remis de la crème ?

– Non.

– Pourquoi ?

– Je pensais qu'une fois suffisait.

– Mais non ! Remets-en !

– Je n'ai pas envie de me relever.

– Mets-toi-la sans te lever. Je vais t'aider.

Il meurt du désir de jouer au docteur avec elle. Quelques instants passent pendant lesquels ses mains à lui parcourent son corps à elle. Marisa laisse échapper un léger gémissement de plaisir. Il se bloque.

– Je te fais mal ?

– Un petit peu.

– Tu veux que j'arrête ?

– Non, continue.

– Je veux te montrer quelque chose, dit Giancarlo.

Il se lève, ouvre la mallette qu'il a apportée, en extrait un gros album, s'assied sur le lit, l'ouvre.

– Regarde.

Marisa se soulève, s'appuie sur un coude. Ce sont les photos de quand ils étaient ensemble ! Bien encadrées, avec lieu et date écrits en dessous. Un reliquaire. Ils mettent une heure à les regarder et les commenter. Ensuite, il se lève, repose l'album dans la mallette, va pour se rasseoir sur la chaise mais Marisa lui fait signe de se remettre là où il était avant, au bord du lit. Le silence s'installe entre eux. Puis Marisa lui prend la main.

– Tu as beaucoup souffert ?

– Comme un chien.

– Mon pauvre chéri !

Elle porte la main de Giancarlo à la hauteur de son visage, la lui effleure du bout des lèvres. Giancarlo, troublé, retire sa main, se lève d'un bond.

– Je dois y aller.

– Tu as du travail ?

– Non. Si le portable n'a pas sonné, ça veut dire que tout est calme. Mais il vaut mieux que je…

– Pourquoi tu ne restes pas à dîner ?

Giancarlo hésite avant de répondre.

– Je resterais volontiers. Mais la bonne…

Marisa réplique, décidée :

– Peu m'importe ce qu'elle pensera ou ce qu'elle dira. De toute façon, quand Mauro reviendra de son voyage, il ne me trouvera plus là, je serai partie d'ici pour toujours.

Ravazzi est dans le hall de l'hôtel à attendre son arrivée. Il a décidé de le traiter comme un invité d'honneur.

– Bienvenue !

– Merci de m'avoir invité.

– Les autres sont déjà en train de dîner. Moi je t'ai attendu. Si tu veux passer dans ta chambre... ensuite tu me rejoindras dans la salle à manger.

– D'accord.

Il monte. On lui a attribué une chambre pour deux avec petite terrasse d'où l'on jouit d'une vue sublime.

Il se rafraîchit, se change, descend, va au restaurant. À son entrée, il voit Licia venir à sa rencontre en se levant de la table où Ravazzi est assis avec un monsieur qu'il ne connaît pas.

Elle lui tend la main en souriant. Elle a une attitude très officielle, courtoise mais détachée.

– Tout va bien ? Vous avez fait bon voyage ?

Mauro reste un instant interdit, puis il comprend. En présence des autres, ils devront se vouvoyer.

– Tout va bien.

Et elle le conduit à la table de Ravazzi. Lequel le présente au monsieur.

– Le *dottor* Herbert Müller.

Il le connaît de nom. C'est le vice-président de l'équivalent allemand de la confédération du patronat.

11

Après dîner, Marisa fait asseoir Giancarlo sur le divan du salon.

– Tu veux boire quelque chose ? Je dois avoir une bouteille de cet *amaro* qui te plaisait tant.

L'histoire de l'*amaro* lui est revenue à l'esprit après qu'elle a vu la dévotion de Giancarlo devant le reliquaire photographique.

– Si tu en bois aussi…

– Bien sûr.

Quand ils étaient fiancés et qu'ils allaient au restaurant, Giancarlo à la fin commandait toujours cet *amaro*.

Et aussi quand elle s'est laissé convaincre de l'accompagner chez lui et que pour la première fois ils ont fait l'amour, ils s'en sont bu un petit verre. Puis c'est devenu une habitude.

Marisa est assise à côté de lui, ils le dégustent avec de longues pauses, en se regardant dans les yeux. Ils célèbrent le rite du renouveau.

Après quoi, Giancarlo se lève. Il est visiblement ému.

– Maintenant, je dois vraiment y aller. Demain

à six heures, j'envoie une équipe perquisitionner l'appartement de Marsili, j'ai déjà le mandat signé. Dès qu'ils auront trouvé les bijoux, ils l'arrêteront. Pendant ce temps, j'enregistre la plainte pour mauvais traitements contre ton mari. Je passe te prendre en fin de matinée et on va chez maman.

– Je vais avoir beaucoup de bagages.

– Ne t'inquiète pas.

En fait, elle a bien un motif d'inquiétude. Elle craint que des obstacles bureaucratiques l'empêchent de reprendre possession des bijoux. Vous rigolez ou quoi ? Mais comment faire pour le demander à Giancarlo sans paraître trop avide ni intéressée ? En tout cas, elle essaie.

– Écoute… les bijoux… quand vous les aurez récupérés… à qui ils reviendront ?

– Ils te seront restitués après le procès.

– Je ne voudrais pas qu'ils finissent entre les mains de Mauro.

– Mais non ! C'est toi qu'on a volée !

Tant mieux, elle s'est débarrassée de cette inquiétude.

Au terme du dîner, tous les congressistes ont été conduits en bus à la réception donnée par le maire.

En peu de temps, deux groupes se forment. Licia passe de l'un à l'autre.

Mauro a formé un trio de copains avec Sartori et Battirame, deux collègues qu'il connaît depuis longtemps. Sartori est un formidable raconteur de blagues.

Peu après minuit, tout le monde est de retour à

l'hôtel. Le congrès rouvre à neuf heures du matin, on ne peut pas se coucher trop tard.

Dans le hall, Mauro réussit à croiser le regard de Licia. Il lui adresse une demande muette.

Licia lui fait comprendre qu'elle n'est pas encore en mesure de lui donner une réponse.

Elle doit probablement trouver une manière convaincante de laisser Ravazzi sur sa faim.

Il monte dans sa chambre, se déshabille, prend une douche, s'installe en peignoir devant la télévision.

Le journal télévisé de la nuit montre la police qui surveille les usines, les ouvriers sont tenus à grande distance, devenus d'un coup des ombres sans voix, car cette fois il n'y a pas d'interviews, les protestations des jours précédents ont disparu.

Une consigne précise a dû être donnée aux journalistes : montrer les muscles du gouvernement. Le communiqué qu'il a lu à la conférence de presse a donc obtenu l'effet espéré.

Il n'a pas fermé la porte de la chambre à clé. Ainsi Licia n'aura qu'à ouvrir et entrer, si elle peut.

Il se met au lit. Il commence à revoir sa communication du lendemain.

Tout à coup, il entend la porte qui s'ouvre et se referme.

Licia surgit devant lui, un peu essoufflée.

– Je n'ai que quelques minutes. Je suis passée juste pour t'embrasser et te dire bonne nuit.

Elle s'approche de lui, se penche, l'embrasse longuement sur la bouche. Mauro la prend par les épaules, veut la forcer à s'étendre sur le lit. Mais elle résiste.

– Je t'ai dit que je ne peux pas ! Ne fais pas l'idiot !

Il la lâche, déçu et irrité. Elle lui sourit.

– Sois patient jusqu'à demain. Bonne nuit.

Et elle s'en va. Bonne nuit, mon cul.

Il aurait mieux valu qu'elle ne vienne pas parce que maintenant, avant que l'excitation s'efface, Dieu sait combien de temps il restera les yeux ouverts.

À six heures du matin, Guido est réveillé par la sonnerie à la porte et, tandis qu'il ouvre les yeux, une irritation profonde l'envahit, car celui qui appuie sur la sonnette est manifestement un importun malpoli, qui garde le doigt appuyé sur le bouton, provoquant un bruit ininterrompu, très désagréable.

Il rejette les couvertures, descend du lit furieux et, avant d'ouvrir, demande à voix haute, irrité :

– Mais qui est-ce ?

– Police !

La police ?! Et qu'est-ce qu'elle lui veut ? Et juste après, il se donne la réponse : ces délinquants d'ouvriers ont encore dû organiser un bordel quelconque.

Il ouvre, plus curieux que préoccupé. Devant la porte, il y a trois hommes en civil. Le plus proche est un gros quinquagénaire qui, agitant une espèce de carte, répète :

– Police !

– J'ai compris, dit Guido, agacé. Que voulez-vous ?

– Vous êtes Marsili Guido ?

– Oui, mais que…

– Nous avons un mandat de perquisition.

Il tombe des nues. Reste pétrifié. Ne parvient pas à dire un mot, sous le coup de la surprise.

Perquisition ?!

Il n'a rien à la maison qui puisse la justifier. Il ne peut s'agir que d'un malentendu.

En attendant, le gros le pousse sur le côté et il entre, suivi des deux autres. Guido, machinalement, referme la porte.

Le vieux Manuelli a fini de lire les papiers que Beppo lui a donnés et ne fait aucun commentaire.

Mais il a tellement rougi et son souffle est devenu si pesant que son fils craint qu'il lui vienne une apoplexie.

– Tu veux un peu d'eau, papa ?

Il ne reçoit pas de réponse, mais Beppo sort quand même en courant de la pièce et revient peu après un verre à la main.

– Bois.

– Eh ? fait Manuelli en le fixant.

Après avoir bu, le vieux demande :

– Comment tu l'as eu ?

– Papa, c'est une longue histoire.

– J'ai tout mon temps.

– Après que Mauro et toi vous avez commencé les négociations pour l'Artenia, un jour que j'avais rendu visite à un ami en Brianza, j'ai croisé par hasard Mauro qui sortait d'une villa au volant de sa voiture. Mais il ne m'a pas vu. Comme il n'avait

pas utilisé une voiture de l'entreprise, j'ai soup-
çonné tout de suite qu'il allait là pour retrouver
une femme et j'ai été pris de curiosité. J'y suis
retourné avec Giuliana et il m'a suffi de poser
quelques questions pour savoir que la villa appartenait à Birolli. Mauro te l'a jamais dit qu'il a eu
des rencontres privées avec Birolli ?

– Non, mais même si je l'avais appris par d'autres
personnes, je n'y aurais rien vu de mal. Les négociations avec l'Artenia, jusqu'à il y a peu, devaient
rester secrètes et donc…

– En tous les cas, Mauro ne t'a jamais tenu au
courant de ces mystérieuses rencontres en Brianza ?

– Non.

– Tu vois ? Ce qui a éveillé mes soupçons,
c'est qu'il soit seul. Je me suis demandé pourquoi il n'avait pas emmené Marsili avec lui. Et la
réponse a été que peut-être il voulait tenir même
Marsili dans l'ignorance de ce qu'ils se disaient
avec Birolli. Alors, je l'ai fait suivre par une personne de confiance. Cette personne, un soir, il y
a quelques jours, m'a communiqué avoir vu à travers une fenêtre, avec un téléobjectif, Mauro et
Birolli qui signaient des feuilles. J'ai pensé qu'ils
avaient conclu un pacte entre eux deux. Alors, je
lui ai demandé de photographier ces pages.

– Et comment il a fait ?

– Papa, ce type, entre-temps, était devenu l'amant
de la secrétaire de Mauro. Ça a été facile.

Le vieux Manuelli regarde tout à coup son fils
d'une manière très différente. Et si par hasard il
l'avait sous-estimé ?

– Qu'est-ce que tu as l'intention de faire, papa ?

Le vieux ne lui répond pas. Ses mâchoires bougent sans arrêt comme s'il mâchait. On dirait un ruminant.

– C'est une histoire complètement folle ! dit Guido à maître Tumminelli qui est arrivé en courant à la Questure. Je suis accusé d'avoir volé des bijoux !

– Racontez-moi comment ça s'est passé.

Guido a eu le temps de se remettre de la surprise et de préparer une version arrangée qui puisse le tirer de ce guêpier et en même temps n'éveille pas les soupçons de Mauro. Parce que, s'il venait à savoir comment les choses se sont vraiment passées, il le flanquerait dehors.

– Un jour, Mme Marisa De Blasi, la femme de mon directeur général, s'est présentée chez moi et elle m'a prié de garder pour elle une boîte à bijoux.

– Pourquoi vous demandait-elle ça à vous ?

– Parce que, m'a-t-elle dit, ayant décidé de quitter son mari et de partir vivre seule dans une pension, elle ne jugeait pas prudent d'avoir avec elle des bijoux de grande valeur.

– Elle pouvait les déposer à la banque.

– C'est ce que je lui ai dit. Elle m'a répondu que la démarche pour prendre un coffre-fort lui prendrait trop de temps.

– Et pourquoi s'est-elle adressée justement à vous ?

– Parce que j'étais devenu une espèce d'ami de la famille, étant donné mes rapports quotidiens avec son mari.

– Écoutez, *dottore*, comme expliquez-vous alors que ce soit précisément Mme De Blasi qui a porté plainte contre vous ?

Guido écarte les bras.

– C'est toute la question. Sincèrement, je ne sais pas quoi vous dire. Mais quel motif j'aurais de lui voler des bijoux ? J'ai un salaire très élevé, je n'ai pas besoin d'argent, je n'ai pas de vices cachés.

– En réalité, un motif, Mme De Blasi, elle le suggère.

– À savoir ?

– Un chantage. Vous lui auriez volé les bijoux pour la contraindre à avoir des rapports sexuels avec elle.

La pute ! Elle veut vraiment le coincer pour de bon ! Il ne peut faire autrement que renverser la situation.

– Maintenant, je comprends tout ! s'exclame-t-il en se donnant une grande claque sur le front.

– Faites-moi comprendre à moi aussi.

– Écoutez, maître, c'est une histoire très délicate… Mme De Blasi s'est, comment dire… éprise de moi… elle a été même trop explicite… elle m'a mis plusieurs fois dans l'embarras… mais je n'ai jamais voulu… vous comprenez, mes rapports avec son mari… qui est avant tout mon directeur général… bref, je crois qu'elle a voulu se venger.

– Donc, vous seriez une version moderne du chaste Joseph ?

Guido écarquille les yeux.

– Et qui c'est, ce chaste Joseph ?

– T'es encore à Palerme ?

– Oui. Et j'en ai plein le cul des trois coups de fil amoureux par jour.

– Celui de ce matin, tu l'as déjà passé ?

– Oui.

– Alors, tu peux t'épargner les autres.

– Enfin ! Quand est-ce que je peux passer, pour avoir le solde ?

– Disons mardi prochain.

Mauro, assis au deuxième rang dans un fauteuil en bout de rangée, est en train d'écouter la communication du vice-président du Patronat quand il sent un contact léger sur l'épaule. Il lève les yeux.

C'est Licia qui, s'inclinant, lui murmure :

– Il y a ta secrétaire au téléphone. Cabine 2. Il paraît que c'est très urgent.

Mauro, étonné, s'aperçoit qu'il a raté plusieurs appels sur son portable. Il se lève, gagne le hall, s'enferme dans la cabine.

– Allô, Anna ?

– *Dottore...* il s'est passé une chose terrible...

Elle sanglote, elle arrive à peine à parler. Mauro suppose tout de suite qu'il s'est passé quelque chose de grave entre les ouvriers et la police.

– Calmez-vous et racontez-moi.

– On a arrêté le *dottor* Marsili !

Il entend la nouvelle mais son cerveau se refuse à l'enregistrer.

– Qu'est-ce que vous avez dit ?

– On a arrêté le *dottor* Marsili !

– Vous plaisantez ?!

En réponse, les sanglots d'Anna redoublent.

Mauro respire profondément pour se reprendre de son ahurissement.

Il arrive vite à la conclusion que, s'il a été arrêté, ce ne peut certes pas être pour un motif lié à l'entreprise. Quoi qu'il en soit, c'est une grosse tuile au mauvais moment.

– De quoi l'accuse-t-on ?

– De vol de bijoux.

Il ne l'imagine pas du tout, Guido, dans le costume de Diabolik.

– Et à qui les aurait-il volés ?

– Je ne sais pas.

Il respire. Allons, c'est une connerie ! On va le relâcher tout de suite.

Mais est-ce qu'il réussira à être libre à temps pour présider la rencontre ?

– Qui vous l'a dit ?

– C'est l'avocat du *dottor* Marsili qui m'a téléphoné. Il m'a aussi fait comprendre qu'il lui sera difficile d'obtenir les arrêts à domicile avant demain.

Donc, il est exclu qu'il puisse être à quinze heures au bureau.

– Merci, Anna. Informez Manuelli mais essayez de faire en sorte que la nouvelle ne transpire pas. Je vous rappelle dans cinq minutes.

Il sort et tombe sur Licia.

– Tu es pâle. Qu'est-ce qui t'est arrivé ?

– On a arrêté Marsili, on l'accuse d'avoir volé des bijoux.

Licia reste bouche bée, incrédule.

– Mais c'est dingue !

– Je suis d'accord. Mais, tu comprends, je dois partir immédiatement. Maintenant, je vais aller m'excuser auprès de Ravazzi et…

– Attends, dit Licia. Allons boire un verre et parlons-en un moment.

Ils vont au bar. Mauro commande un cognac pour se reprendre.

– Ta présence est si importante que ça ? demande Licia.

– Mais quelle question ! Si je n'y suis pas, moi, à cette table de négociations, qui va représenter la…

Il s'interrompt. En vérité, il y aurait le vieux Manuelli. De toute façon, cette première rencontre ne sera qu'une prise de contact.

– Eh beh ? fait Licia.

– Manuelli a dit qu'il voulait être présent.

– Alors ? Qui de mieux que le président pour être là ? Allez, reste ici. Tu fais ta communication, le ministre a promis d'arriver à temps pour t'écouter et, si tu veux, tu peux repartir après avoir pris la parole, dans la soirée. Ou bien…

– Ou bien ?

– Tu restes aussi pour la nuit et demain matin tu t'en vas.

– Qu'est-ce que tu me conseilles, toi ?

– Moi, ça me ferait plaisir si tu repartais demain matin, dit Licia.

Plus explicite que ça…

– D'accord. Je téléphone à ma secrétaire.

Il vient juste de prendre place à la table du déjeuner quand le portable commence à vibrer. Il

173

regarde discrètement pour voir qui appelle. C'est Anna. Répondre n'est pas très poli mais la situation est ce qu'elle est.

— *Dottore*, je dois vous prévenir que l'avocat du *dottor* Marsili va vous appeler d'un instant à l'autre.

— Qu'est-ce qu'il veut ?

— Je n'en sais rien, *dottore*.

Il coupe et une minute après le portable vibre à nouveau. Ce doit être l'avocat.

— Allô ?

— Ici maître Tumminelli, je suis l'avocat de…

— Excusez-moi un instant.

Il se lève, adresse un sourire à Ravazzi, à Licia et à l'Allemand.

— Veuillez m'excuser.

Il passe dans le hall à demi désert, tout le monde est en train de déjeuner.

— Je vous écoute, maître.

— Je ne sais pas si vous êtes au courant…

— Que Guido a été arrêté ? Oui, on me l'a…

— Non, je voulais dire… voilà, je suis très gêné… je ne sais par où commencer…

Mais quel genre de cinglé il s'est choisi, Marsili, comme avocat ?

— Écoutez, je suis très occupé et…

— Il faudrait convaincre madame de retirer sa plainte.

— Madame qui ?

— Madame votre femme.

— Marisa ?!

— Voilà, c'est ça.

– Attendez, que je comprenne. C'est Marisa qui a porté plainte contre Marsili ?

– Exact.

Il coupe la communication. La révélation l'a cueilli par surprise.

Il monte dans sa chambre, ouvre le minibar, se verse une mignonette de whisky, va s'asseoir sur la terrasse.

En un éclair, il a tout compris.

L'homme pour lequel Marisa a quitté la maison, c'est Guido.

Voilà l'explication aux vers de Neruda qu'il avait dénichés.

Ensuite, ils ont dû se disputer. Et méchamment. Guido, après l'avoir cognée, s'est gardé les bijoux.

Et elle s'est vengée, au risque de provoquer un scandale. Il n'éprouve aucun ressentiment ni pour Marisa ni envers Guido, il n'est animé que d'une glaciale détermination. À partir de ce moment, Guido ne fait plus partie de l'entreprise, c'est clair. Qui faute, paye. Et quant à Marisa…

Un moment.

Derrière Marisa, il doit y avoir quelqu'un d'autre. Sa femme est trop bête pour organiser seule un piège pareil contre son ex-amant. Et ce quelqu'un pourrait la pousser à quelque initiative dangereuse, pour lui aussi.

Il décide de se manifester auprès de Marisa, certes pas pour la convaincre de retirer la plainte. Au contraire, c'est encore mieux si Guido reçoit sa lettre de licenciement pendant qu'il est encore en prison.

C'est Stella qui lui répond.

– Passez-moi madame.

– Mais madame n'est pas là, elle est partie.

– Partie ?

– Oui, *dottore*, il y a une demi-heure, elle a fait ses bagages et…

La voilà, la preuve que Marisa a été manipulée. Ce quelqu'un qui se sert d'elle s'est occupé de lui trouver une cachette sûre.

Inutile, pour l'instant, de faire intervenir Bastianelli. Il lui faut en tout cas rester sur ses gardes, il n'est pas dit que le manipulateur de Marisa ait l'intention de s'arrêter à Guido.

Pour l'instant, le mieux à faire, c'est de retourner à la salle à manger. À son retour, on verra. Mais maintenant il ne peut rien faire.

Après la pause déjeuner, Anna appelle Marco. C'est l'antipathique voix métallique qui lui répond.

Comment ça ? Et pourtant, elle l'avait averti qu'elle l'appellerait à cette heure.

Elle essaie encore. Rien.

Puis elle ne peut plus, le directeur général, étant donné l'absence forcée du *dottor* Marsili, lui a téléphoné pour la prier de venir en salle de réunion enregistrer et verbaliser tout ce qui se dira à la table des négociations. Quand elle entre dans la pièce avec le magnétophone et son bloc-note, tous les représentants syndicaux sont déjà assis à leurs places et parlent entre eux avec animation.

Le silence tombe d'un coup quand arrive le vieux Manuelli suivi de son fils Beppo. Il va s'asseoir en bout de table, Beppo s'installe à sa droite. Il a un air triomphant, c'est la première fois qu'on lui permet de participer à une réunion aussi importante.

– Merci d'être venus, messieurs, attaque Manuelli.

Le syndicaliste de la CGIL, Miniati, lève la main.

– Le *dottor* Marsili n'est pas là ?

– Le *dottor* Marsili présente ses excuses, mais en raison de circonstances indépendantes de sa volonté…

– Je trouve incorrect, et je pense pouvoir parler au nom de tous mes camarades, cette manière de procéder de l'entreprise. Nous avons été convoqués par le *dottor* Marsili, que nous considérons comme notre unique référent, donc…

– Mais vous êtes en train de parler au président de la société !

– Avec tout le respect qui vous est dû, je crois qu'il vaut mieux renvoyer à demain, quand le *dottor* Marsili…

Alors, Beppo décide d'intervenir.

12

– Le *dottor* Marsili a été arrêté ce matin, il est accusé d'avoir volé des bijoux, dit-il froidement.

Sous la table, le coup de pied de son père arrive trop tard. Un silence de mort s'abat dans la salle. Puis le silence devient bourdonnement et ensuite le bourdonnement se transforme en brouhaha confus. Bon, le vin est tiré, pense le vieux Manuelli. Autant le boire jusqu'au bout. Il lève un bras et demande le silence. Il l'obtient aussitôt.

– Il y a autre chose.

Tous maintenant sont suspendus à ses lèvres.

– J'ai convoqué pour demain un conseil d'administration, au cours duquel je demanderai naturellement la suspension du vice-directeur général jusqu'à ce que sa situation soit clarifiée. Mais je proposerai aussi que le directeur général, le *dottor* Mauro De Blasi, soit limogé.

Anna se fige, elle regarde autour d'elle, atterrée. Mais qu'est-ce qu'il raconte, ce vieux fou ? Les représentants syndicaux sont abasourdis, ils ne comprennent pas ce qui se passe. Un seul a la présence d'esprit de demander :

– Vous pouvez nous dire pour quelle raison ?

– Je suis entré en possession de documents très secrets rédigés et signés de la main du *dottor* De Blasi, un accord que je n'hésiterai pas à qualifier d'illégal et impliquant une escroquerie à vos dépens et aux dépens des travailleurs d'une autre entreprise, l'Artenia, que la Manuelli va absorber, pour y opérer une restructuration en profondeur. Je n'étais au courant de rien. Une grosse somme a été prélevée du capital de la Manuelli pour effectuer un paiement surévalué des actions Artenia. Une partie consistante de cette somme est, suivant le document, destinée à finir dans les poches du directeur général De Blasi, suivant les meilleures mauvaises habitudes de notre pays. D'autres accords scandaleux prévoient le licenciement et/ou le chômage technique pour la plus grande partie des ouvriers de l'Artenia. Mais cette fois les gens honnêtes, les travailleurs, seront vengés. Vous avez la parole de Manuelli. Je me ferai un devoir de transmettre ces documents au parquet. Donc, comme vous voyez, s'il y a une personne avec qui négocier, c'est moi. Et vous savez que Manuelli, qui a été un ouvrier comme vous et ne l'a jamais oublié, ne vous trahira jamais !

Le barouf se déchaîne. Anna, en larmes, s'échappe de la salle, court téléphoner à son chef. Derrière elle, trois syndicalistes sortent en parlant avec excitation dans leurs portables.

Dès qu'Anna a fini de lui raconter les accusations portées publiquement contre lui par Manuelli,

Mauro se sent envahi par un grand calme. C'est ce qui lui arrive toujours dans les moments de danger et, jusqu'alors, ça a été sa grande force.

— Mettez-vous en contact avec le bureau des Relations publiques, convoquez-moi une conférence de presse pour vingt heures dans mon hôtel d'Ischia. Ici, des journalistes, il y en a déjà trois, je voudrais les Napolitains, ceux des faits divers. Qu'il y ait au moins quelqu'un de la Rai. Faites-moi tout de suite appeler par Bastianelli sur le portable.

Derrière la vitre du hall, il voit Licia qui attend. Il sort, elle s'approche. Elle est inquiète.

— Qu'est-ce qui se passe ? On a téléphoné à Ravazzi que...

— C'est vrai. Manuelli s'est révélé tel qu'il est : un vieux couillon.

— Mais s'il dit qu'il a en main ce document qui...

— Tu t'inquiètes pour ton grand-père ou pour moi ?

— Pour les deux.

— Ce soir, à vingt heures, je parlerai aux journalistes. Reste calme.

Le portable sonne, c'est Bastianelli. Il s'éloigne de quelques pas.

— Bastianelli, vous êtes au courant des déclarations de Manuelli ?

— Oui, *dottore*.

— Écoutez, ma secrétaire a des documents confidentiels qu'elle emporte chaque soir dans une mallette. Le document dont parle Manuelli consiste en quelques feuilles que vous connaissez bien. Maintenant, j'appelle Anna, je lui demande de vous

remettre à vous la mallette avec tout le matériel.
C'est clair ?

– Très clair.

– Ce document, faites-le disparaître dès que vous
pouvez. Puis accompagnez Anna chez elle et une
fois là, vous la cuisinez.

– C'est elle qui…

– Je ne crois pas que ce soit elle qui m'ait trahi,
mais elle est certainement tombée dans un piège.
J'attends votre rapport.

Puis il appelle Anna.

– Anna, remettez les documents dont vous avez
la garde à Bastianelli. Vous le savez que vous vous
êtes fait avoir, ma chère ? Et, après, faites tout ce
que Bastianelli vous dira de faire.

Il coupe, revient à Licia.

– Téléphone tout de suite à ton grand-père. Il
doit détruire immédiatement notre accord. Et disparaître quelques jours de la circulation. Qu'il ne
réponde pas au téléphone, à part à moi. Dans son
propre intérêt.

Il rentre dans la salle, c'est Cherubini de la
Propesit qui est en train de parler. Guglielmotti, le
ministre, est au premier rang. Il note que ce dernier se retourne pour le regarder. La nouvelle doit
lui être arrivée.

Durant les pauses de ces heures fébriles, elle
n'a cessé de tenter et de retenter de se mettre en
contact avec Marco. Et, chaque fois, l'impitoyable
enregistrement téléphonique lui a refusé cette joie.
Mais qu'est-ce qui lui arrive ? Pourquoi ne répond-il

pas ? Justement en ces heures où elle aurait tant besoin d'entendre sa voix chaude, rassurante…

Puis sont arrivées ces terribles paroles de son chef :

« Vous le savez que vous vous êtes fait avoir, ma chère ? »

Qu'est-ce qu'il a voulu dire ? Elle s'interroge frénétiquement, mais n'arrive pas à se donner de réponse. Par qui est-ce qu'elle se serait fait avoir ? Et comment ? Et, tout à coup, elle se rappelle de cette fois – ou bien c'étaient deux fois ? ou peut-être trois ? – où, en ouvrant la mallette, elle n'a pas retrouvé les papiers dans l'ordre où elle pensait les avoir mis. Est-il possible que… Elle s'enfonce, atterrit, bouleversée, dans un bain de sueur. Non, ce n'est pas possible ! C'est un mauvais rêve, ce qu'elle est en train de vivre ! Elle va bientôt se réveiller et…

Elle voit Bastianelli devant son bureau, il n'a même pas frappé.

– Donnez-moi ce que le *dottor* De Blasi vous a dit de me donner. Et puis mettez votre manteau et venez avec moi, lui dit-il à voix basse, en se baissant jusqu'à se retrouver à quelques centimètres de son visage.

– Où ? demande Anna, éperdue.

– Chez vous. Comme ça nous pourrons parler tranquillement.

Tandis que Mauro parle, calme, lucide, Guglielmotti hoche souvent la tête, en signe d'acquiescement, et Ravazzi, qui, comme beaucoup dans la salle, est au courant de ce qui s'est passé à la Manuelli, le fixe avec une certaine admiration. Au terme de son exposé, les applaudissements sont nourris. Le premier à le féliciter est le ministre.

– Cher De Blasi, si tout le monde avait votre grandeur de vue, votre sens moral... Vous allez au-delà de la relance d'un néocapitalisme éclairé, il s'agit de la proposition innovante d'un capitalisme éthique...

Puis il le prend par le bras et l'entraîne à l'écart. Le sourire disparaît de son visage.

– Mais qu'est-ce qui se passe, bordel ?

– Vous voulez parler des déclarations de Manuelli ?

– Je crois bien !

– Monsieur le ministre, le vieux Manuelli est dans un âge avancé et il n'a plus toutes ses capacités d'autrefois. Je crains qu'il ait été victime d'un escroc. J'éclaircirai tout d'ici une heure dans une conférence de presse. Vous restez parmi nous ?

– Malheureusement, je dois filer tout de suite. Mais je laisse ici mon porte-parole qui me fera un rapport. Rappelez-vous que notre pays, mon cher De Blasi, a bien besoin d'hommes comme vous.

Anna, après que Bastianelli l'a convaincue que Marco s'est mis avec elle dans le seul but de photographier les documents confidentiels, est montée dans sa voiture et ne sait plus comment arriver via dei Giardini. Elle n'a pas cessé de pleurer et il s'en est fallu de peu qu'elle heurte une autre voiture. Elle se gare, descend, vacille, elle a les jambes molles. Le concierge l'arrête.

– Vous cherchez qui ?

– M. Marco Marino… qui habite au quatrième.

– Il n'y a pas de Marco Marino au quatrième.

– Je me suis peut-être trompée d'étage…

– Madame, aucun Marino n'habite dans cet immeuble.

– Mais il m'a donné les clés !

– Celles de l'immeuble aussi ?

– Bien sûr !

– Alors, essayez-les, dit le concierge.

Elle a beau forcer, les clés n'entrent pas.

– Si vous voulez, je vous accompagne au quatrième, dit le concierge, apitoyé. Vous verrez bien que…

Anna lui tourne le dos, s'éloigne.

Les gens des Relations extérieures ont fait du très bon boulot. Aux trois journalistes économiques déjà présents se sont adjoints trois journalistes des faits divers et un journaliste de la Rai. Sont présents aussi presque tous les participants au congrès, Ravazzi et Licia au premier rang avec le porte-parole du ministre. Le dîner a été retardé d'une demi-heure.

Mauro est détendu, tranquille. Il commence à parler.

– J'ai appris que le président Manuelli, cet après-midi, a formulé de très lourdes accusations à mon endroit en s'appuyant sur un document écrit à la main et signé par Birolli, président de l'Artenia, et par moi. Il s'agirait d'un pacte scélérat aux dépens des travailleurs des deux entreprises. Le président Manuelli s'est engagé à remettre ce document à la magistrature. Je me déclare complètement étranger à cette affaire et je conjure le président de faire tout de suite ce qu'il a promis, à savoir de porter plainte auprès du procureur.

Il marque une pause dans l'espoir que quelqu'un lui pose une question.

Et, en effet, un journaliste des faits divers lui demande :

— Vous êtes donc d'accord pour que le parquet intervienne ?

— Ça me paraît évident.

— Pourquoi ?

— C'est simple. Parce que, la justice saisie, mon avocat pourra demander une expertise graphologique.

— Vous ne l'avez pas écrit ? demande un autre chroniqueur.

— Ni M. Birolli ni moi-même ne l'avons écrit. Il s'agit d'ignobles mensonges qui visent à discréditer toutes les personnes impliquées et à miner les fondements de deux des plus importants et glorieux groupes industriels du pays, qui donnent du travail à des milliers de pères et de mères de famille.

— Et les signatures ?

— Certainement fausses.

— Mais alors, comment expliquer que Manuelli…

— Je regrette d'avoir à le dire, mais le président a été circonvenu. À sa décharge, il faut dire qu'il a été victime de sa propre honnêteté cristalline. Et puis, il faut dire que l'âge ne lui permet plus cette lucidité qui…

Il s'interrompt, sourit.

– Dieu sait combien on a dû lui faire débourser pour acquérir ce faux document !

– Comment pensez-vous que l'affaire se résoudra ?

– Je ne sais pas. Demain matin, je parlerai avec le président, étant entendu de toute façon qu'il doit remettre le document au parquet. Mais je suis fermement convaincu que, dans ce moment de crise, on ne peut pas laisser l'entreprise dépourvue d'équipe dirigeante. Les premiers à en subir les conséquences seraient les travailleurs et telle est ma principale préoccupation.

– À propos, demande un journaliste des faits divers, que pensez-vous de l'arrestation du vice-directeur général Marsili ?

– Le *dottor* Marsili est une personne au-dessus de tout soupçon. Une accusation aussi infâmante est simplement ridicule. Et je voudrais vous faire noter une curieuse coïncidence. D'abord, c'est le *dottor* Marsili qui est frappé, ensuite c'est moi qui suis visé, en abusant la bonne foi du président Manuelli.

– Donc, vous flairez un complot ? demande le type de la Rai.

– C'est vous qui le dites, pas moi.

Complot, pour la presse et la télé, c'est un mot qui fascine.

Un des journalistes économiques intervient.

– Concrètement, comment pensez-vous agir ?

– Demain matin, je demanderai à être entendu par le conseil d'administration. Je lui remettrai ma lettre de démission signée et non datée. Ils pourront y apposer la date ou la jeter au panier, comme ils voudront, mais en tout cas après que le parquet aura conclu ses investigations. Je demanderai de pouvoir entre-temps continuer d'assumer ma charge, avec le *dottor* Beppo Manuelli à mes côtés, pour affronter les très graves problèmes que traverse l'entreprise.

À la fin, le premier à venir lui serrer la main est le porte-parole du ministre :

– Nous n'avons jamais, pas même une seconde, douté de vous.

Et après le porte-parole, Ravazzi :

– Cher De Blasi, je suis désolé pour le vieux Manuelli mais il me paraît évident qu'il a été arnaqué, le pauvre !

Et puis Sartori, Battirame, Cantalamessa... L'atmosphère autour de lui s'est transformée, il se dirige vers la salle à manger au bras de Ravazzi au milieu des sourires et des signes de sympathie.

La voiture, après avoir parcouru quelques mètres par à-coups, s'arrête. Plus d'essence. Anna regarde autour d'elle, elle se trouve sur une minuscule route de campagne, elle ne sait même pas comment elle y est arrivée. Le noir compact de la nuit n'est troué que par la lueur des phares. Elle descend, commence à marcher, sort du faisceau lumineux, poursuit, ne s'aperçoit pas qu'elle a quitté la route. Ses talons s'enfoncent dans la terre trempée, mais elle continue, en dépit de la difficulté croissante. Tout à coup, elle entend, très près, le bruit d'un torrent grossi par les récentes pluies.

– Pourquoi pas ? pense-t-elle.

Elle se remet en marche. S'aperçoit qu'elle ne pleure plus.

Le journal télévisé de la nuit a carrément montré un moment de la conférence de presse. Le présentateur a ouvertement parlé d'un complot aux dépens de la Manuelli. Mauro a vaincu sur toute la ligne.

Il boit la dernière gorgée de whisky, va se coucher.

Une heure plus tard, Licia entre dans la chambre, referme la porte derrière elle.

– Papa, ouvre-moi !
– …
– Papa, je t'en prie !
– Va-t'en, espèce de con !
– Papa, mais d'après moi De Blasi bluffe !
– Tu n'as pas compris, crétin, qu'il t'a baisé ? Et que toi tu m'as mis dans la merde ?

Maintenant, ils sont nus sur le lit. C'est une courte trêve, et Licia en profite pour lui murmurer à l'oreille :

– Mais, vraiment, le document est un faux ?
– Dans un certain sens, oui.
– Allez, raconte-moi comment ça s'est passé.
– Un jour, comme je sortais de la villa de ton grand-père, Beppo Manuelli est passé devant moi et m'a vu. Mais il a dû croire que je ne l'avais pas remarqué. Et donc j'ai averti ton grand-père, qui est un acteur consommé, d'être sur ses gardes. Trois jours plus tard, il m'a dit au téléphone que

Beppo avait tourné autour de la villa en posant des questions. Alors, nous avons décidé de nous préparer une voie de sortie. J'ai fait écrire à la main par Bastianelli, je ne sais pas si tu le connais, c'est le chef de la sécurité et c'est une de mes créatures, l'accord entre ton grand-père et moi, puis ton grand-père a signé de mon nom et moi du sien. Donc, pour nous deux, c'est un acte parfaitement valide, mais nous nous sommes mis à l'abri. Si l'acte devait être découvert, il ne pouvait qu'apparaître faux pour une expertise graphologique, mais il restait authentique pour nous deux. S'il n'était pas découvert, tant mieux.

Licia le regarde avec une certaine admiration.

– Tu as été vraiment diabolique. Grand-père m'avait parlé de votre accord, mais ça, il ne me l'avait pas dit : un vrai document qu'on fait passer pour faux ! Génial !

– Qu'est-ce que tu sais d'autre ? lui demande Mauro.

– De l'accord ? Beaucoup de choses, répond Licia avec un petit sourire qui, tout à coup, paraît inquiétant à Mauro.

Elle le serre fort, cherche son sexe.

– Tu sais que tu me plais vraiment ?

Mauro, non sans effort, l'écarte. C'est trop important de savoir ce que Licia sait de l'accord secret.

– Beaucoup comment ?

– Tout ce qu'il faut. Allez, on en parlera une autre fois.

– Non, maintenant.

– Bon, d'accord. Je te dis ce qui t'intéresse

le plus. Tu as fait estimer et payer deux cents millions les parts de grand-père dans l'entreprise, c'est ça ?

– C'est ça.

– Mais tu as exigé que lui te rétrocède cent cinquante millions sur trois comptes à l'étranger, un au Liechtenstein, un à Singapour et un aux Caïmans. C'est encore ça ?

Mais Birolli a perdu la boule ? Mauro sent un frisson de froid lui parcourir le dos. Il n'a pas le temps de répondre que Licia a recommencé à parler.

– Alors, quand grand-père m'a demandé conseil, je lui ai dit d'accepter ta proposition, assez digne d'un usurier quand même, c'est vrai, mais il n'avait pas d'autre issue. Mais je lui ai suggéré de prendre ses précautions.

Qu'est-ce que ça veut dire ? Mauro est pris d'un soupçon. Un voile de sueur lui couvre le front.

– Tu ne vas pas me dire que l'argent est encore là !

– Tranquille, il est déjà où tu voulais. Sauf que l'opération, c'est moi qui l'ai faite et que c'est moi seule qui peux en disposer.

Mauro est abasourdi, ahuri. Il n'arrive pas sur le moment à évaluer les conséquences de ce que lui dit Licia.

– Mais pourquoi ?

– Simple précaution, je t'ai dit. Pour l'instant, l'argent, c'est moi qui l'ai. Quand l'affaire sera conclue et qu'il n'y aura plus de problèmes, il sera à toi. Tu n'auras qu'à me le demander. Tu crains que j'en profite ? Ne fais pas l'idiot, tu ne le comprends pas que maintenant...

Elle s'interrompt. Se retourne aux trois quarts, baisse la tête. Mauro la prend aux épaules, la contraint à se retourner.

– ... que maintenant ?

– Que maintenant, après t'avoir connu, il me sera difficile de retourner auprès de Ravazzi ?

Licia le serre, le couvre de baisers des pieds à la tête, le caresse.

– Qu'est-ce que tu dirais de quitter son service ? lui demande soudain Mauro.

Elle s'arrête, relève la tête.

– Pourquoi ?

– Parce que, quelle que soit la suite, Marsili est foutu.

– On peut en parler, dit Licia.

Et comme Mauro semble vouloir poursuivre la conversation, elle précise en riant :

– Mais pas maintenant. J'ai mieux à faire.

À huit heures le lendemain, on l'avertit que l'hélicoptère est arrivé. Il est déjà prêt, la veille au soir il a dit au revoir à tout le monde. Avant de descendre dans le hall, il téléphone à Manuelli.

– Salut. Je crois qu'il est nécessaire de mettre les choses au point entre nous deux, tu ne crois pas ?

– D'accord. Quand est-ce que tu peux venir chez moi ?

– Je serai au bureau à midi. On se verra là.

– Ce matin, je ne me sens pas bien et je préfèrerais...

– On se verra là, répète fermement Mauro.

– D'accord. Beppo peut venir ?

– Non.

Manuelli n'insiste pas. Il l'a bien à sa merci, le vieil imbécile.

La maman de Giancarlo lui a apporté le café au lit.

– C'est une très belle journée. Je peux ouvrir la fenêtre ?

– Bien sûr, madame.

Elle s'assied dans le lit. La ligne des collines est illuminée par un fort soleil, immobile.

Elle a envie d'une longue promenade.

La maman de Giancarlo s'assied au bord du lit, lui fait une caresse légère sur les cheveux.

– Je suis heureuse que tu sois là.

Elle, brusquement, lui prend la main et l'embrasse.

Il a une demi-heure devant lui, il passe à la maison. Stella paraît contente de le voir.

– Madame s'est manifestée ?

– Non, *dottore*. Mais elle a laissé cette enveloppe pour vous.

Il la prend, va dans son bureau, l'ouvre.

À l'intérieur, il y a la photocopie d'une plainte pour mauvais traitements déposée par Marisa contre lui. Et un petit mot de deux lignes non signées mais de sa main :

« Je te préviens que je vais entamer tout de suite la procédure de divorce. »

Il l'acceptera, bien sûr. Mais il ne lui donnera pas

un euro, c'est elle qui a abandonné le toit conjugal. Et, en tout cas, c'est tant mieux, il sera plus libre avec Licia.

Il se fait préparer un café, se le boit tranquillement. Puis, à midi, il téléphone à son bureau. Une voix lui répond, qu'il a du mal à reconnaître.

– Je vous écoute, *dottore*.

– Vous êtes qui ?

– Je suis Giovanna, votre deuxième secrétaire.

– Ah oui. Anna n'est pas là ?

– Ce matin, elle n'est pas venue et elle n'a pas téléphoné.

– Manuelli est arrivé ?

– Depuis cinq minutes.

Qu'il mijote encore un peu à petit feu.

– Tu l'as remis au parquet, le document ?

– Non.

– Tu dois le porter aujourd'hui même, tu t'y es engagé publiquement.

– Je ne crois pas que je le ferai.

– Pourquoi ?

– Tu m'as convaincu que c'est un faux.

– Trop facile, mon cher. Tu ne peux pas t'en tirer comme ça.

– Qu'est-ce que tu veux ?

– Une lettre d'excuses, à publier dans au moins cinq quotidiens.

– D'accord. Mais je voudrais t'expliquer…

– Que ton fils Beppo est un con ? Je le sais déjà. Et maintenant parlons de choses sérieuses. Il me paraît clair que Marsili, même s'il est mis hors de cause, ne pourra plus mettre les pieds dans l'entreprise. Mais ne le plaignons pas, il se consolera avec ses poésies.

Manuelli acquiesce en silence, il paraît ne même pas remarquer le sarcasme.

– Marsili doit être remplacé, tout de suite. Je te communiquerai le nom demain. Ravazzi aura du mal à l'encaisser, mais tant pis.

– C'est quelqu'un de chez lui ?

– Oui. Un excellent élément.

– Bien.

– La réunion de négociations, je la fais convoquer pour demain et je la présiderai, moi. Tu me rendras un service si tu viens toi aussi et que tu t'excuses pour la bévue commise.

– D'accord.

Ce con de vieux lion est devenu docile comme un agnelet.

Manuelli sorti, il appelle Birolli.

– Je voudrais t'informer sur les derniers développements. Où es-tu ?

– Chez moi.

– D'ici une heure, je serai là.

– Tu as déjeuné ?

– Pas encore.

– Alors, je t'invite. Elle allait bien, Licia ?

– Très bien. C'est d'elle aussi que je veux te parler.

Et sur l'autoroute il roule à fond, il double sans cesse.

Il se sent euphorique, se surprend même à chantonner, ce qu'il ne fait presque jamais.

Et soudain, dans son cerveau, une veinule, mince comme un cheveu, se rompt.

La Forme de l'eau
Fleuve noir, 1998
et « Pocket », n° 11264

Chien de faïence
Fleuve noir, 1999
et « Pocket », n° 11347

La Concession du téléphone
Fayard, 1999
et « Le Livre de poche », n° 15052

Un mois avec Montalbano
Fleuve noir, 1999

L'Opéra de Vigàta
Métailié, 1999
et « Points », n° P874

Le Coup du cavalier
Métailié, 2000
et « Suites », n° 118

Le Jeu de la mouche
Mille et une nuits, 2000

Le Voleur de goûter
Fleuve noir, 2000
et « Pocket », n° 11391

La Saison de la chasse
Fayard, 2001

La Voix du violon
Fleuve noir, 2001
et « Pocket », n° 11390

La Démission de Montalbano
Fleuve noir, 2001
et « Pocket », n° 12473

Indulgences à la carte
Le Promeneur, 2002

Un massacre oublié
Le Promeneur, 2002

Quelque chose me dit que...
Entretiens avec Marcello Sorgi
Fayard, 2002

Un filet de fumée
Fayard, 2002

La Disparition de Judas
Métailié, 2002
et « Suites », n° 113

L'Excursion à Tindari
Fleuve noir, 2002
et « Pocket », n° 12153

Pirandello : biographie de l'enfant échangé
Flammarion, 2002

Le Roi Zosimo
Fayard, 2003

L'Odeur de la nuit
Fleuve noir, 2003

La Peur de Montalbano
Fleuve noir, 2004
et « Pocket », n° 13578

Le Cours des choses
Fayard, 2005
et « Le Livre de poche », n° 30722

Le Tour de la bouée
Fleuve noir, 2005
et « Pocket », n° 12542

La Première Enquête de Montalbano
Fleuve noir, 2006
et « Pocket », n° 13147

La Prise de Makalé
Fayard, 2006
et « Le Livre de poche », n° 30957

La Patience de l'araignée
Fleuve noir, 2007
et « Pocket », n° 13457

La Pension Eva
Métailié, 2007
et « Points », n° P2048

Petits Récits au jour le jour
Fayard, 2008

Les Enquêtes du commissaire Collura
Fayard, 2008

Un été ardent
Fleuve noir, 2009
et « Pocket », n° 14192

Le Pasteur et ses ouailles
Fayard, 2009

Maruzza Musumeci
Fayard, 2009
et « Le Livre de poche », n° 32259

Le Tailleur gris
Métailié, 2009
et « Points », n° P2581

Les Ailes du sphinx
Fleuve noir, 2010
et « Pocket », n° 14496

Le Ciel volé
Dossier Renoir
Fayard, 2010
et « Le Livre de poche », n° 32452

Le Grelot
Fayard, 2010

RÉALISATION : NORD COMPO À VILLENEUVE-D'ASCQ
IMPRESSION : CPI BRODARD ET TAUPIN À LA FLÈCHE
DÉPÔT LÉGAL : NOVEMBRE 2012. N° 109358. (70034)
IMPRIMÉ EN FRANCE

Cotton Point
Pete Dexter

Paris Trout accepte de prêter aux nègres... à condition qu'ils le remboursent. N'obéissant qu'à sa propre loi, il assassine de sang-froid une jeune femme noire pour une affaire de créance oubliée. Ainsi vont les affaires dans cette petite ville du Midwest au milieu des années cinquante. À moins qu'enfin les mentalités ne changent et que l'on se décide à punir ce criminel trop arrogant...

National Book Award

« Pete Dexter construit son récit à coups de scènes inouïes et se révèle au final tendre et mélancolique. »

Télérama

Lune captive dans un œil mort
Pascal Garnier

Les Conviviales, une résidence de luxe pour seniors, promet cadre paradisiaque, confort et sécurité. Le lieu parfait pour Martial et Odette qui rêvent de couler des jours paisibles et ensoleillés. Oui, mais... En réalité, aux Conviviales, il pleut toute la journée, on tue des chats à coups de pelle, les voisins sont sérieusement névrosés et les balles fusent... La retraite dorée tourne au cauchemar.

*« C'est tendre, à rebrousse-poil.
Frissonnant. Méchant d'humanité. »*

Le Monde des livres

*« Pascal Garnier nous plonge dans
une sorte de Desperate Housewives
chez les seniors. »*

Le Nouvel Observateur

Ils sont votre épouvante et vous êtes leur crainte
Thierry Jonquet

Septembre 2005, Anna Doblinsky rejoint son premier poste en collège à Certigny, dans le 9-3. Zone industrielle, HLM, trafics et bagarres entre bandes rivales, influence grandissante des salafistes, voilà pour le décor. Seul Lakdar Abdane, jeune beur très doué, sort du lot. Pourtant, une erreur médicale va bouleverser sa destinée…

« Thierry Jonquet est un chroniqueur des temps modernes, qui capte, analyse, dénonce, en vrac, la maltraitance, la misère, l'abêtissement. Un livre qui cogne. »

Télérama

Vampires
Thierry Jonquet

La famille Radescu, noctambules sans âges au teint blafard, se terre depuis des siècles dans une arrière-cour de Belleville. Pour en finir avec l'éternité, elle décide de réintégrer la communauté humaine. Mais un immigré roumain découvre dans un hangar un quidam empalé dans la meilleure tradition de Dracula. Chargé de l'enquête, le substitut Valjean sait que les vampires n'existent pas. Et pourtant…

« L'inachèvement du livre n'est pas un drame ; au contraire, cela ouvre les portes à une immense rêverie. »
France Inter

Le cadavre dans la voiture rouge
Ólafur Haukur Símonarson

Divorcé, chômeur, Jonas accepte un poste d'instituteur dans un petit port perdu au nord de l'Islande. Il espère y mener une vie paisible, loin des hommes, mais la réalité s'avère un peu plus lugubre. Sourires hypocrites, intimidations, menaces, tentatives de meurtre... Dans le brouillard islandais, ce lieu supposé être un havre de paix ressemble furieusement à un traquenard !

Prix de littérature nordique des Boréales de Normandie

« Ólafur Haukur Símonarson a implanté dans le fascinant paysage d'Islande un polar qui a su puiser aux meilleures sources des auteurs américains. »

Télérama

Julius Winsome
Gerard Donovan

Julius Winsome vit seul avec son chien, Hobbes, au fin fond du Maine le plus sauvage. Éduqué dans le refus de la violence et l'amour des mots, ce doux quinquagénaire ne chasse pas, contrairement aux hommes virils de la région. Il se contente de chérir les milliers de livres qui tapissent son chalet. La vision de Hobbes ensanglanté et mourant le changera en tueur fou...

« La folie, la violence, la vengeance, la frontière entre civilisation et barbarie au cœur d'une très belle fiction, tout ensemble poétique et allégorique. »

Télérama

« Magnifique, tendu, envoûtant. »

Lire

Pimp
Iceberg Slim

Robert Beck, jeune vaurien de Milwaukee, n'a qu'un rêve : devenir le plus grand mac des États-Unis. De 1940 à 1960, il devient Iceberg Slim, patron d'un harem et maître du pavé de Chicago. Impitoyable et accro à la cocaïne, il est toujours à la recherche d'une proie à envoyer sur le trottoir. Plein de sueur, de sexe et de violence, ce document unique sur les bas-fonds de l'Amérique est un livre culte.

« *Un livre effrayant et prodigieux considéré comme un classique.* »
Le Nouvel Observateur